U0797337

imaginist

想象另一种可能

理
想
国
imaginist

The Nineteen-Nineties

鲤·我去二〇〇〇年

张悦然 主编

Issue 25

民主与建设出版社
·北京·

图书在版编目（CIP）数据

鲤·我去二〇〇〇年 / 张悦然主编 . -- 北京 : 民主与建设出版社 , 2019.10

ISBN 978-7-5139-2673-7

Ⅰ . ①鲤… Ⅱ . ①张… Ⅲ . ①访问记—作品集—中国—当代 Ⅳ . ① I253

中国版本图书馆 CIP 数据核字 (2019) 第 227280 号

鲤·我去二〇〇〇年

LI WO QU ERLINGLINGLINGNIAN

出版人　李声笑

编　者　张悦然

责任编辑　吴优优

装帧设计　山　川

出版发行　民主与建设出版社有限责任公司

电　话　（010）59417747 59419778

社　址　北京市海淀区西三环中路 10 号望海楼 E 座 7 层

邮　编　100142

印　刷　山东临沂新华印刷物流集团有限责任公司

版　次　2019 年 11 月第 1 版

印　次　2019 年 11 月第 1 次印刷

开　本　720mm × 1020 mm　1/16

印　张　11

字　数　140 千字

书　号　ISBN 978-7-5139-2673-7

定　价　46.00 元

卷首

张悦然

我们几乎没花多少时间就确定了这期主题。讨论主题的过程中，每个人都在努力地调动着自己的回忆，而那些回忆逐渐、不可避免地向一些大事件聚拢。洪水、香港回归、千禧年之夜……那些化作集体记忆的时刻，如同熟悉的旋律，当我们再次听到，身体里的一部分就会跟着动起来。这种感觉很温暖，那些共享的记忆让我们有所依傍，不是孤身一人；但也很危险，因为它让我们觉察到那一部分身体好像并不完全属于自己。被我们甩在身后的时代，始终保管着开启它的钥匙。

那天下午的讨论，起先是在一个咖啡馆，后来大家想走一走，就来到了外面。外面是秋天的校园，树上的叶子黄了一半。几个学生从后面超过我们，快步走向教学楼，看样子是刚入学的新生。也就是说，他们可能出生于 2000 年。我在大学教书已经有几年，但对学生的年龄一直没什么概念，只知道他们非常年轻，可那种年轻是很抽象的。这个下午，他们的年轻忽然具象起来，我清晰地意识到，我和他们之间隔着一个 1990 年代。1990 年代之于我，是一个广阔无边的世界，之于他们则是那些被翻过去的历史中的一页，而且因为离得太近，缺乏诗意和神秘。他们会怎么看待一本关于 1990 年代的书呢？一定是充斥着沉湎式的怀旧气氛吧。怀旧之所以有时候令人厌倦，

Editorial

正在于它是沉湎式的，我们无法做到一边沉湎一边省察。因而怀旧最终只会化作一种无力感。但如果没有沉湎其中，我们就无法充分释放那些障蔽在集体记忆之下的个人经验。一个过去的时代留下的宝藏，正是藏匿于那些个人经验之中，沉睡在那些无法说出、未被书写的话语之中。

1990 年代里有我的少年时代。如果说它有什么特别，或许是当时的我曾产生一种错觉：不仅是我或者我的同学，而是整个国家都处于一种少年时代里。我和所有人一起，发现着那些闯进视野的新事物。我在学习使用金钱，大人们也在学习使用金钱，我吃第一块肯德基炸鸡的时间也是我爸爸吃第一块肯德基炸鸡的时间。他过去的生活经验就像作废的国库券，已经无法馈赠于我了。股票交易所开门的第二天，我和朋友进去逛了一圈，夹着一卷画着股票抛物线的绘图纸走进教室。我们觉得比父母更早掌握股票的操作是一件很酷的事，好像能证明我们的人生比他们更值得一活。躁动、亢奋、膨胀、迷茫……它们究竟是一种普遍的青春期感受，还是专属于那个时代的特质，抑或是二者的重叠与共振？所以当我说，那是迅疾的十年，也不可避免地染上了哀悼青春的主观色彩。但它的仓促或许也来自于价值的混乱，人们都在加快脚步，追逐他们

Editorial

新发现的价值。1990 年代来不及被用旧，来不及被厌倦，来不及被嘲弄。新世纪的召唤成为甜美的诱惑，人们迫不及待地踏进 2000 年，迎接一场新生。1990 年代如同一条掉落的壁虎尾巴，壁虎会留着自己掉了的尾巴吗？对飞快奔跑的人们来说，过去的岁月成为一种负担。

关于 1990 年代，我最私人的记忆是机器猫（据说这么称呼它很暴露年龄）。1993 或者 1994 年每个月的最后一个星期，我会走很远的路到一个书摊买新出版的《机器猫》漫画。这只没有耳朵的猫是大雄 22 世纪的孙子送给大雄的礼物。

它成为我对于未来最具体的想象。同时，在那个开始加速的年代里，它向我证明，未来的人是会惦记从前的人的，如果可以，他们会想办法给从前的人送些礼物。也许更重要的是，任何过去的时间从未真正闭合。它敞着口，等待接纳一份遥远的祝福。

目录

Contents

Feature

视野

文 | 吴琦

我去二〇〇〇年

技术带来了真正的共时体验，人和人在聊天中完成了许多启蒙，完成了自我确认。生活到底是怎样组成的？我和他人之间有没有共同点？什么时候才可以去看世界？这些严肃的躁动，在时代和青春的撞击中诞生，好像有大事发生，自己想要参与，却并不知道参与的是什么。

1990年代结束之前，我的青春期才刚刚开始。

一个正在中国大都市里昂扬向前的小镇青年，没想到这么快就要写文章来纪念它。

时间的密度并不是均质的，那个隆重的20世纪的末尾，同时也悄然作为我的青少年时光，在我并不强大的记忆系统里，没有占据一个显赫的位置。或者说，在那之后发生的事情都太过显著，又充满变数，以至于我忽略了这段已经被完成、被静止的“史前时代”。

我试图去想它，而它像南方家乡的空气一样，寡淡稀薄，是灰色的。在不断后退的景片中，这想念几乎就如同一种想象。

如果我比现在年轻，或者再老一点，怀旧可能会来得自然。年轻时很难满足，又缺乏承担，只能把目光投向就近的生活，等有了年纪，过去全部成为经验，对经验的消化成为所剩不多的欲望的替代品。只有此刻所处的人生，开在中间车道，又再次踩上了时代节奏，被“进步的幻觉”推动着，不用在过去或未来停留太久。

怀旧就是这样一个按钮，一个客观甚至辩证的制动装置，在那些举棋不定、鱼目混珠的时刻才会被按下。有时我们把它当作棒棒糖，借它来吞下生活的苦涩；有时又拿它当警报，指出眼前的正确未必那么正确，错误在从前早就发生。更多的时候，这些味道掺杂在一起。回忆和展望，甜蜜和危机，都有意无意地伪装成彼此的样子，混为一谈。

这种混乱可能是一个更加充分，也更挑战的理由来开启回忆。因为新的生活并没有完全兑现它的承诺，今天我们仍然不断在对结束混乱的期待中迎接新的混乱，从20世纪一路开来的庞然机器，越来越没有对手。转眼间，21世纪已经过去快二十年了。

我在21世纪生活的时间已经超过我的20世纪，客居北京的日子不出意外的话也将超越我的湖南老家。那个沉默的 1990 年代及其终结，好像真的具有了某种分割的意义，而且这种分割正在变得越来越快速，也越来越剧烈。流行词汇、科技产品和现代生活方式的整体更迭，张牙舞爪起来，好像随时都准备将人甩到另一边。

如今我每天的生活，都可以通过手机来组织，并且由它来证明。这种巨大的便利并没有什么不好，但一个令人遗憾的副作用是，它降低了人类想象过去的能力，尤其是想象那些没有手机的过去。光是这句话就足够暴露年纪了，真正的数码原住民和电脑、手机一同长大，甚至比它们更崭新，他们并不需要这种旧式的想象能力。

于是一个天大的难题诞生了，它难倒了我们当中的许多人：过去没有手机，人们到底是怎么处理那些遍布我们周围的空虚、无聊和尴尬的？

努力想了想，我用过的办法大概有这些。在最热的夏天，循环往复地坐公交乘凉；上课无聊时把所有文具幻想成兵卒与大臣，在课桌上厮杀；坐长途汽车无法忍受，就盯着正前方，把所有显眼的建筑物作为阶段性的目的地，一个又一个地数过去，这也同时有效地缓解了晕车；在电子游戏厅看别人打游戏——我从小就对玩游戏没兴趣，但那段时间除了游戏厅就没有其他专门供青少年停留的场所。更传统的办法还有和朋友爬山，轧马路，打乒乓球，传统到我有一帮朋友至今还在使用它们。

阅读似乎从来不是主要的场景，我是指在堆满教材的教室和堆满教辅的书店之外。我记得，二舅家的厕所里常会摆几本布满水渍、被翻到脱页的《故事会》，其他亲戚家里也会零星地出现《知音》《家庭》和长得像这两本杂志的盗版，政治课要求大家读的《环球时报》和英语老师推荐的英文报纸《21 世纪》我都乖乖订了，而自己每期都会跑去报摊上买的是当时觉得非常先锋的《童话世界》。这些读物有着迥异的背景，但在我的年纪和那个年代，根本没有标准，我几乎是囫囵吞枣式地全盘接受，结果是它们和课堂上的许多具体知识一样，几乎被忘光了。我既不想批评它们，也没有太多想念。

要说有什么长期固定的阅读物，我只想到了《老年世界》。爷爷是我身边唯一会订阅报纸杂志的人，这是他订阅的唯一一本杂志。我总是在他家里一些角落找到它们，看上去已经被放在那里很久了，而我似乎是唯一会翻开它们的人，如果奶奶不把它们撕了垫饭桌的话。只要找到一本我就会读一本，那是我在无所适从的大家庭生活中所能找到的不多的出口。

杂志的主题当然非常正面，总是关于全国各地的老人如何找到了更有意义地度过晚年的方式，或者政府在这方面又有了什么新的政策。但我停留最久，也是每次最先翻开的部分，是中间的字谜或者迷宫，以及最末的副刊，里面有散文、笑话、读者的投稿文章和书画作品。没有什么惊人之作，但我的确在这种凌乱、散漫的结构里看到一个隐匿的大世界。想到我后来的杂志工作，心中猛然一惊，难道这才是最初的起源？

等到 1999 年，新概念作文大赛一声炮响，把《萌芽》杂志送到了全国各地潜在的文学青年面前。我第一次系统地读到有人整理自己的青春，而不是自己的晚年。这些人的年纪竟然还和我差不多。这可能也是我的拐点，一个不玩游戏的年轻人终于在现代化的浪潮中，有了自己打发时间的阵地。我坐公交时也带着它，后来还试图参与，还没来得及写完寄出，高考大战就要开始了。那是另外一个拐点。这个过程中湿漉漉的部分，好像也已经被记忆沥干了，核心事实是，这两个拐点加在一起，决定了我的今天。

“新概念”彻底改变了一部分人的人生，而对更多的人来说，它帮助我们发现的是人生的轮廓。毕竟文学的意义依然奢侈，而不论是一个人还是一个国家，青春期都必须跨越。剧本轮到我们自己来写了。

1990 年代发生了许多大事。亚运会在北京举办、南方谈话、国企职工下岗、美国轰炸中国驻南斯拉夫大使馆……每一件事都是转折。这些大事通常都要经过漫长的反射弧才会打到我们身上，尤其是远在湘中的小地方，我的父母和许多亲戚都在下岗的大潮中，但我所见的家庭生活并没有立刻改变，也可能是我没有观察到更普遍的庆祝或抗议，所以未能在当时就理解这些变化。

在小说“那不勒斯四部曲”里，作者用“界限消失”这个词来形容人在复杂的社会环境中突然找到完全的自我的时刻，那时我的感受完全相反，也许可以叫作“界限出现”，少不更事的懵懂、无序，经过一段时间极度自我中心的膨胀之后，突然触到了边界。原来外面还有好大一个世界啊。

1997 年的夏天，香港回归。我躺在爸妈卧室地板的凉席上，提前跟几个同学信誓旦旦地打了赌，一定要亲眼见证这件大事。结果连 10 点都没熬到就睡着了。第二天醒来，懊悔万分，只好勉强在街边的议论和后来电视不断的重播里，第一次主动寻找一桩国家大事到底会给眼前的生活带来什么改变。结果又什么都没感觉到。真正的体会要等到十几年后有机会去香港才算得到了一些。

“开放”是 1990 年代的标签，直到今天，我们仍然在理解这种“开放”，并且别无选择地生活其间。对我们这一代人来说，它尤其特殊，因为改革开放与青春期的重叠，使得这个集体的政治议程和我们每个人发现自我的道路几乎同步。这一次，我们不只是接受自上而下的教育，而是在一种共同的浮现中，发现了一个新世界。个人的困难和喜悦，前所未有地在漂在时代的表面上，为时代的口号所鼓动，又胜于一切口号。

尤其在接近新世纪的几年，网络兴起，也包括青春文学的迅速蔓延，见证并巩固了这种共时性的体验，同时也在内在于这体验之中。

早就过了对互联网带来的革命性变化大呼小叫的时候了，尤其是拥有话语权的人们，已经初步适应了新的局面，并且发明了新的成功和焦虑。而我当时所经历的互联网时代的到来，的确不是一个多么惊心动魄的过程，它在最日常、最隐秘的层面上悄然改变了我们。

我初中才开始上网，考上大学前才有自己的电脑，远远落后于我的同学和朋友，因为没有玩游戏这个最大的动机，所以没有积极去和爸妈争取。甚至内心还有点保守的抗拒，以至于学习五笔输入法竟成了最令我痛苦的课程。如果说真的沉迷过网上冲浪，可能是时常也会躲去网吧，用 QQ 满世界找人聊天，根本也不谈什么复杂的事，就问你在哪你在做什么你有什么梦想，感觉和七八十年代写信交笔友差不多。

技术带来了真正的共时体验，人和人在聊天中完成了许多启蒙，完成了自我确认。生活到底是怎样组成的？我和他人之间有没有共同点？什么时候才可以去看世界？这些严肃的躁动，在时代和青春的撞击中诞生，好像有大事发生，自己想要参与，却并不知道参与的是什么。用英国学者齐格蒙·鲍曼在他的随笔集《此非日记》中的一个描述，这种心理正发生在“世界为它前所未有的繁荣富足而举行自鸣得意的庆祝盛典，正如高潮之际”。

在那本书的结尾，鲍曼引用了英国作家赫伯特·乔治·威尔斯在《未来互联网纾》（*The Shape of Things to Come*）书中的一段，里面写，“世界将按我们的意愿展现在我们面前，完全在我们的力量与想象可以把握的范围之内。为物质存在的奋斗已经结束了。它已经获胜了。镇压和纪律已成为过去。为了真理，以及那难以描述的必需品——美——而进行的奋斗开始了，而它永远不会被低层次的奋斗所影响的”。

也许这正是 1990 年代传递给我们的？

我总是错误地使用阿甘本说的“同代人”这个概念。他指的是，不同的时空中那些相近的灵魂，可以历经相当长的跨越分享某种共性。而我总是对同等的时空条件下不同人的感受更为在意。这可能是问题的不同层次，他指向的是更为真理性的发现，而我想要发现的是“发现”的普遍性。这真是1990年代所塑造的情感结构，至少在我的个案中是如此，强调自我的感受（这个“自我”将来自更广泛的社会阶层），不论在肉体还是灵魂的意义上，前所未有地不再需要他人的证明，自我就等于自我的体验。

尴尬的是，我的尝试常常失败。人与人的意志没有那么容易沟通，而且就算在个体的生命里，感知到的时代情绪也始终存在时差。

比如谈论1990年代就必须提到的流行音乐。即便我的抽屉里也满满地堆着磁带，至今保留着那时每晚伴我入睡的CD机，但我有点怀疑那些流行的港台歌手，并没有真正唱到我的心里，而仅仅作为整个社会的背景音乐。要等到21世纪，更年轻的一代港台歌手才让我有切身的共鸣。毕竟刘德华只俘获了我妈作为粉丝，而当我听说内地也选出了自己的“四大天王”，反而更加震惊。

再比如从那时开始流行起来的动画片，对渐渐走出童年的我来说，也仅仅是一种出于惯性的陪伴。有真人出现的剧集更能触动我，比如《小龙人》《女生贾梅》《男生贾里》这些，他们能唤起我更直接的参与和共情。和游戏一样，我可能真的无法在虚拟的形象中获得有效的投射，因此才呈现出这种不可救药的现实主义怪癖。

同样在1990年代出现、并很快在中国地下和国际电影界获得认可的贾樟柯，我那时显然还不知道他。2000年之后我才会看到他的电影，并深深认同于导演对那段历史中这些灰暗青春的发现。苏芮的《是否》，也是从他的电影中进入我的生活，在她走红很久以后。

重新去辨认 1990 年代对我的影响，如同一次考古，在时间的地表上摸索，一层又一层地清理那些覆盖在上面的尘埃、石子和泥土，分别来自哪里。一张在 1999 年发行的专辑，似乎在当时就想完成一次总结。当我接到这个题目的时候，首先想到的就是它。那就是朴树的《我去 2000 年》。最红的当然是那首《那些花儿》，但除了这种清新的忧伤以外，里面还有改编自苏联民歌的《白桦林》，重新作词作曲的《在希望的田野上》，以及为 Windows98 创作的广告歌《New Boy》。每一首都可以作为时代隐喻。

这个似乎距离俗世很远的民谣歌手，在 1990 年代尚未结束之前就把住了它的脉搏，慵懒而准确地唱着："荒唐是吧，悲伤是吗，没有办法，就祝咱们都小康吧。"

对 1980 年代的怀念，已经成为精英话语中一个顽固而显性的部分，而 1990 年代重回讨论，主要就是在大众文化的意义上被提出的。直到今天，交通与通信技术的持续下沉，一些人崛起，一些人俯冲，我们才开始走进一个真正的大众文化的混战时代。1990 年代是这一切的先声。而"自由"，终于从少数人的自由，过渡到了共同自由的话语之中。

想来也是 1990 年代，十几岁时，我读到了《基督山伯爵》，迄今对我的人生影响最大的一本书。这个故事我竟老生常谈讲过多次了。那个惊世骇俗的复仇故事里，可能也蕴含着世纪交替时的秘密，正是这个秘密，决定了 1990 年代并不是一个朦胧不清的过渡，它真正定下了新世纪的主题，那就是，"希望"与"等待"。在 1980 年代和 21 世纪正在掀起的巨浪之间，很多喜剧和悲剧早已化作暗流蕴含其中。

于是我暂时找回了这个年代。作为无数次斗争的结果，作为无数次新的斗争的准备，它的形象清晰了起来。我好像也同时找回了即将在 1990 年代之后结束的青春期，原本以为那会是一番莽撞、叛逆和精彩的景象，但这匆匆的回头一瞥，却远比我的想象要沉重得多。21 世纪已然势不可当，我不确定我们是否做好了准备接受它的考验。还是朴树老师唱得比我说的好听，音乐、美酒和对未来的许诺，没有一样是那么容易兑现的——

当我准备去告别

我心中荒草家园

真理出没的夜

新的人间化装舞会

早已经开演

好了再见

我要走了

我去 2000 年

文 | 李静睿

喇叭

1997 年 2 月 20 日清晨，我最后一次在生活中听到大喇叭。

新年的第二个星期，我去了一次东京。东京的冬天还是那样，大部分时间都有阳光，偶尔刮温柔的风，下一点温柔的雨，哪怕这个时刻，也只有一种软绵绵的冷意，适合丝袜和脚踝，大衣和长裙。

三年前我曾经在东京待过一段时间，住在东京大学的国际宿舍里，从涩谷坐井之头线，两站就到“驹场东大前”，出地铁后沿着一个小坡往上走十分钟，经过两排干净到让人紧张的一户建，就是宿舍大楼。我们每天走在这条路上，往返地铁，往返便利店，往返学校，去不知道哪里散步，吃一份碗比头大的豚骨拉面，在阳台上晾晒衣服、读书和长久发呆。楼下一个院子里种满柚子树，四个月时间，枝头的青绿小果一点点变成硕大的明黄果实。除了鸟叫、救护车和深夜摩托车加速的马达声，我们几乎没有听见过什么声音，似乎每个人都跟我们一样，沉默地活着，为一点点小事轻轻欢笑，又为一点点小事低声哭泣。后来才有日本朋友跟我们说，这一带是东京的豪宅区，“安倍首相就住在这附近啊”，我们走在路上，她用手指往一个含混的方向，习惯性压低了声音说。

东京就是这样，一个静悄悄的城市，每个人都习惯性压低了声音。地铁上没有人打电话，居酒屋里大家低声倾诉沉默喝酒，拉面馆里只有吸面条的吸溜声。有时候走在小道上，看着前面的车慢吞吞跟在一个人背后许久，司机大概也会有点着急，却始终没有按下喇叭。毕竟在这个城市里，喇叭几乎等于一种入侵。如此种种，让我在吉祥寺散步时偶然看到手机上“新农村大喇叭工程;覆盖全国 200 多个市、县助力乡村振兴”的新闻，不得不产生幻觉，好像白日灼灼，我站在东京的街道上，奋力向前，回到过去。

1997 年 2 月 20 日清晨，我最后一次在生活中听到大喇叭。那时候我家是一个四十平方的一室一厅，为了让我拥有自己的房间，父母把四个平方的阳台封闭起来，勉强放下一张单人床和一张小书桌。我每天侧着身子才能上床，坐在床边才能写作业。阳台西晒，夏天我整夜流汗，在草席上留下清晰身形；冬天四处漏风，我盖两床厚被，每晚抱着六个暖瓶。但我还是喜欢这四个平方，因为我从此有了一道门和一把锁，门意味着一个独立世界，意味着门内的我是独自一人。我坚持每天关门睡觉，再热也是如此。有时候夜里实在睡不着，我会爬起来，坐在床上，拉开简陋窗帘，看一会儿外面的星星。我根本不认识什么星星，我只是觉得一个人看星星这件事很好。直到现在，我还是这样想，我和星星，我们可以独立组成宇宙，可以在宇宙内部自转公转，可以追逐一颗流星，也可以变成一颗流星。

1997 年 2 月 20 日清晨 6 点，我睡在自己的床上，自己的房间，属于我的四个平方里。正是寒假，父母随便我睡到几点。我将醒未醒，犹豫着要不要起床上个厕所再睡回笼觉，窗外突然有喇叭声，毕毕剥剥地说了一句长长的话，非常严肃，像新闻联播，或者所有与之类似的东西。我只觉稀奇，丝毫没有意识到这是什么，但我听到父母的卧室里一阵躁动，爸爸迅速跳下床，赤脚冲进客厅打开电视，并且在电视有任何声音之前大声地说：“你们快起来，邓小平死了！”

爸爸没说错，官方在那天清晨宣布了邓小平去世的消息，通过所有可以通过的途径，包括我窗外的大喇叭，在此之前，我甚至从来没有留意到那棵树上有一个喇叭。后来我总是想起这件事，想到爸爸在那个时刻仿似本能的反应，在经过一系列残酷的政治训练之后，他无须思索就能知道，在那个时刻，只有这唯一的一件事，能让大喇叭在清晨 6 点响起来。爸爸在“文革”末期因反革命罪被判刑八年，那时候妈妈已经在和他谈恋爱，以一种自杀式决心承诺要等他这八年，但在坐了一年半牢之后，他获得了平反。爸爸说，出狱后他和哥哥们喝酒，第一杯酒举起来，他说的是“为邓小平干杯”。第一次去深圳旅行，爸爸坚持要到那幅邓小平的巨大画像下合影，他又不认识路，辗转多时，终于真的合了影。十年前我觉得这些都很可笑，甚至有点愚蠢，一个人为什么要为自己本应获得的生活感谢什么？但渐渐地我体会到了那种庆幸，生活碎裂了，却还能用胶水勉强拼起，拼得不好，看上去很丑，有斑斑伤痕，但毕竟一个大致完整的生活立在那里，让你感觉慰藉。

邓小平去世了，我们看完新闻，爸爸带着我去区政府，因为那里有附近唯一的一面国旗，他要亲眼见到那里降了半旗，好像这对爸爸是一种再次保证和慰藉：这个人死了，但他的允诺会持续。随后的几天，学校把学生们都叫回去了，在大教室里折叠白花，观看电视里的追悼仪式，大家都哭，抱着面前一大堆折得歪歪扭扭的白花大哭不止，为不确定的理由，怀着自己也搞不清楚的情感。学校的大喇叭一直放着哀乐，大家看完追悼会，在哀乐下离开校园，回家的沿途都有大喇叭，都在放哀乐，就这样，我胸前戴着一朵白花，回到了我那四十平方中的四个平方，这一次门隔离不了什么，我只能听着哀乐，一直听着一直听着，直到它终于停止。

那是我最后一次投入地参与集体生活，在那之后，和喇叭一样，这种整齐划一的行动和情绪在我的生活中渐渐退去。我上了大学，住在四人宿舍里，但假期回家，我们终于拥有配好独立卫生间的房子（父母买房子的重要理由是，万一你交了男朋友，而他想来我们家做客，半夜要上厕所怎么办呢），并且迅速对以前需要出门上厕所的生活感到陌生，这种陌生大概也是一种本能，好像遗忘就意味着拒绝，意味着不再发生。就像我多次问爸爸监狱里的生活，他总说：“吃得好好哦，每周都有红烧肉，馒头吃都吃不完，我们还在围墙那里挖了个洞，把馒头递出去，和外头的农民换烟。”

十几年后我住在东京，宿舍只有二十七个平方，但有一个相对宽敞的卫生间，在和丈夫吵架又无处可去的时候，我就把门反锁，坐在地板上看书。东京的房子就是这样，再小也会有一个独立卫生间，有时候去那种每人一个小隔间的拉面馆，卫生间窄到无法再放下洗手池，他们就在马桶水箱上方设计了一个小小水龙头，洗过手的水会再流入马桶，于是每次上完厕所，我就在马桶上洗手，房间太小了，转身时稍不注意就能撞上门把手。我全盘接受了这种麻烦，住很小的房间，去很小的拉面馆，上很小的厕所，用马桶上的洗手池。作为整个青春期都需要排队上公共厕所的人，我完全知道日本人在固执地保护什么，个体生活并不时时宽松愉快，大量时候它意味麻烦，但自由就是这样的，你总需要拿出一点什么作为交换，而它就像所有并不那么必需的东西，通常都不怎么便宜。

年前正好看到《啥是佩奇》，深山里迷茫的老人，为了满足孙子随口说出的愿望，用村里大喇叭问大家“啥是佩奇”，在这个时刻，好像喇叭又变得有点可爱，虽然深究下去，一个小卖铺里都有智能手机的村庄，到底为什么要这样寻找一只粉红小猪？2008 年四川地震时我去绵阳采访，小半个城市撤离在山上，刚刚经历了恐惧和死亡的人们穷极无聊，坐在帐篷里斗地主和炸金花，居委会的工作人员一人手持一个喇叭，在帐篷间穿梭，给没牌的家庭发牌，站在一旁看大家又出了几个炸。除了招呼大家领盒饭和物资，我没见过那些喇叭在别的时候响起过，人人都是惊弓之鸟，害怕再有任何消息，因为在那个时刻，所有的消息都是坏消息。记者们也讨论过，要是地震那一刻有大喇叭响起，会不会多少能救一些人？哪怕只是提前十秒。在地震十年之后，四川已经有一些社区启用地震预警的大喇叭，大家一起经历了既不想回忆又无法忘记的2008 年，好像谁都不能说喇叭在这里有什么问题，但喇叭的问题在于，作为个体，我们无法控制它会为什么响起，又为什么安静，而这正是我们所期望的、对自己生活最起码的控制。

几年前我读王笛的《茶馆：成都的公共生活和微观世界》，书中写自晚清之后，四川的茶馆就一直处于国家政权的密切注视之下，以维持公共秩序之名，作为公共空间意义上的茶馆，实质上在各种禁令和规章之下逐步逝去，“从这本书中，我们可以清楚看到国家权力的无限扩张和国家文化的胜利所带来的结果。现代中国比任何时候都更步调统一，但比任何时候都缺乏文化的个性和多样性”。公共的地方不够公共，私人的地方却又不够私人，生活像一个悖论，让人无所适从，也不知道拿出哪种姿态才算合理，既不想顺服，也无力对抗，于是大家都僵在原地。

吉祥寺是井之头线的终点，地铁方便，这边的 LIFE 超市又在晚上 10 点后有很好的折扣，我们就总来这里，先去居酒屋喝啤酒和梅酒，在“磯丸水產”烤蟹盖和海螺、扇贝和白蛤、一排大虾、整只乌贼，再去超市里买牛排、生鱼片、草莓和其他忘记什么东西。那时候并不知道吉祥寺对东京意味着什么，回去第二年，才看到《只有吉祥寺是想住的街道吗？》，原来我们总去的那个地方，连续五年被选为东京最受欢迎的居住地，在日剧《火花》里，无法成功的搞笑艺人深夜在吉祥寺的街道上漫步，坐在井之头公园里发呆，和涩谷与新宿不同，吉祥寺提供了一种沉默而平价的慰藉。

现在我就在这里，看眼前风拂水面，白日灼灼，湖中坐在天鹅船中穿梭的都是像我一般的成年人。我花了 1500 日元，坐在小板凳上让公园里的画家给我们画全家福，再往前走，是矮小的中年男人站在树下，反反复复拉海顿的小夜曲。不知道怎么回事，海顿让眼前一切更加安静了，画家正在给我们三人上腮红和唇色，她把我女儿画得多可爱啊，像一只粉红小猪。我放松地伸了伸懒腰，开始思考等会儿去哪里吃午饭。吉祥寺的街道狭小逼仄，还有公交车艰难驶过，老年人挥手维持秩序，你得站在路边，耐心地等车缓缓过去。如果习惯了心急火燎的北京，眼下这一切会显得慢到不可思议，但你可以放心，在这里喇叭不会响起。

文 | 周嘉宁

风暴天

暴雨过去以后，天空恢复明亮，我们穿着塑料凉鞋站在被改变了面貌的外部世界，水漫到小腿，垃圾和树叶一起漂浮，自行车破浪而行，我的父母也是他们中的一员，正骑车从单位往家赶。而这中间的一段时间是美好的空白，空气清洁，我和所有人一起停留在被水覆盖的宁静里。

有位老朋友每年夏天都会给我发来台风讯息，在那些卫星照片里，台风正横渡海洋到来，或者正在我们头顶形成——“因为你喜欢台风！”——惭愧，我很多年没有见过真正的台风，然而风的白色旋涡即便在图片里也令人震撼，自然里这些事物，真是和人的意志力一点关系都没有。

念大学的暑假，我和朋友们昼伏夜出，依然有着无法消耗的创作愿望。那会儿贴在论坛里的第一个完整故事和台风有关，写的是住在高楼的女孩砸碎四周的玻璃，观察大气的变化，想在第一时间得到台风讯息，然后打电话告诉喜欢的人。当时现实中的朋友们正和我一起等待一场台风。他们整个夏天都在拍摄一条短片，凌晨，虚构的男孩们赤膊在世纪大道的尽头踢野球。二十年前的浦东是一片奇异的荒原，荒废的楼和正在建造的楼像电子游戏里后人类的想象。朋友们想等台风到来的时候，爬上一栋楼的楼顶，举起一面大旗子，和不存在的东西作战。他们早就做好了旗子，用的是我宿舍里军训时发的被单。然而台风迟迟不来，夏天干燥、明亮、压抑，万物的影子都有清晰的边缘，台风不见踪影。后来这条短片的名字叫《从上世纪来》。而 21 世纪以来到底有没有真正的台风光顾过上海。肯定也是有的，但和 1990 年代不同，1990 年代由漫长的夏天组成，而酷热的尽头一定会有一场超大型的风暴在等待。

曾经在《天空晴朗晴朗》的开头写过小女孩在闪电的下午跳出浴缸。我的童年时代总是被警告说闪电的时候不能待在水里，并且得关闭所有电器。1990 年代我居住在静安寺背后的弄堂，就读的小学和我的家仅一墙之隔。墙对着学校的那边是小卖部。有一年夏天从晚上开始暴雨，小卖部顶棚严重积水，导致我们共用的那面墙到半夜开始渗水和脱落，直至水彻底击溃墙面，像小型瀑布一样侵入我们这一边。我的父母叫醒楼上两户邻居半夜抢险，几位父亲爬到小卖部的顶棚疏通被树叶堵塞的下水孔。事后他们常常回忆这个筋疲力尽的夜晚，棚顶布满电线，水没到小腿，雨始终没有停，空中闪电落雷不断。而父亲们果断，灵巧，有力，无视危险。

1990 年代上海排水系统失调，每年夏天一下暴雨城市就要被淹没。之后我查看上海天气资料，1990 年代上海平均每年暴雨后出现积水路段约 378 条，居民家中进水超过 6 万户，积水深度一般在 20 厘米左右。一般一次暴雨后积水可在半天内消退。上海市区暴雨造成损失最大的年份是 1991 年，当年的 8 月和 9 月出现一次特大暴雨和一次大暴雨，其中 8 月那场是雷暴，暴雨中心在市区，积水最深处达到一米，整个静安区被淹没，公交线路瘫痪。中国人民保险公司上海分公司在那一年夏天赔偿投保用户接近两亿元。

我家在底层，有一个小小的天井。为了应对每年夏天的大水，家里始终是水门汀的地面，所有家具都长着脚，打了木架把所有衣橱和电冰箱都垫高起码 30 厘米，以防被淹。而暴雨的大水不是从门外倒灌进来的，更像是从地底下渗透进来，全方位地漫过地面。我的应对流程非常熟练，关闭电器，把地面的一切都挪动到高处。之后我便坐在用椅子搭建起来的堡垒里，对自己被困的身份充满各种想象。暴雨过去以后，天空恢复明亮，我们穿着塑料凉鞋站在被改变了面貌的外部世界，水漫到小腿，垃圾和树叶一起漂浮，自行车破浪而行，我的父母也是他们中的一员，正骑车从单位往家赶。而这中间的一段时间是美好的空白，空气清洁，我和所有人一起停留在被水覆盖的宁静里。

水势退去的第二天，城市成为退潮以后的河滩，光线特别明亮，成年人花大半天收拾残局。我在天井里养过一只乌龟，它常年自己生活，喜欢在花坛旁的阴沟里玩。后来在一场大水中我们忘记了它，它也终于随着水流去了其他地方冒险。

至 1990 年代末上海遭遇两次大水，分别是 1997 年的 11 号台风以及 1999 年的特大梅雨，这两场大型风暴之后，经济损失巨大，上海开始了道路积水改善工程。

1997 年 8 月我正参加高中军训。军训在没有住宿条件的本校进行，于是我们被要求自己带折叠床和毛毯脸盆去学校报到，把教室改造成宿舍使用。我们和父母一起用尽各种办法把折叠床背着，绑着，拖着来到学校。我的中学是如今自然博物馆旁边的小小学校，我们一个年级的折叠床几乎占据了整栋教学楼的所有教室。学校为了解决洗澡问题，每天军训至傍晚让我们各自回家吃晚饭和洗澡，晚上再回学校报到。这样近乎胡闹的军训本来没有留下什么印象，最后一天却好运地遇见台风。中断了训练以后整个白天我们都被困在教室，直到傍晚被老师赶回家，晚上不用再回学校，我和朋友们却不甘心错过台风天相聚的夜晚。于是吃过晚饭之后我们说好排除万难都要回到学校。晚饭以后通往学校的公交车都停了，雨还在继续下，我遵循诺言步行前往学校，简直怀着过分巨大的决心。路途中不断看见被吹断的梧桐树，横倒在马路中央，我爬过树枝，蹚水往学校走，雨伞完全是废物，这样来到教室的时候，朋友们都在！

台风之夜是意外的礼物。我们带着饮料和薯片，却什么都没有做，只是坐在教室的白炽灯下面打整晚的牌。12 点以后我们才来到黑暗的教学楼里探险，顺着楼梯一路狂奔，穿过生物实验室的标本，物理实验室的仪器，最后找到另外一个同样亮着灯的教室。那是另外一群在台风天跋山涉水非要赶回学校的人，我们推开门，互相不认识，注视着彼此，都大吃一惊。

第二天清晨醒来雨停了，我和朋友们趴在五楼的走廊窗边，整个学校已经被淹没，教官们住在底楼，他们的鞋子都被大水冲到了花园里，静静随着水流的旋涡打转。我们暂时没有办法回家，也没有人来找我们，告诉我们接下来要做什么。但是我们一点也不着急，像以往任何一场风暴过去以后一样，安静地等待着。

1999 年的大雨在高考前的梅雨季节，我和朋友在淮海路的必胜客见面，那里冷气开得十足，我们喝着大杯汽水，聊大学的事情。等到出门一看，倾盆大雨，淮海路瞬间就淹没了，大水浩浩荡荡淹到膝盖，公交车和轿车都滞留在原地，还有执着的人蹚水缓慢地行走。我们又回到座位旁说话，冷气越来越厉害，周围被困住的人们也越来越焦虑。我家里肯定又被淹了，但是不管是我也好，朋友也好，我们都没有特别要担心的事情。因为是这样，时间也仿佛过得很慢。仿佛已经过了几个小时，说话说到山穷水尽，直至雨停了，天却竟然还没有黑。为了离开淮海路，我们一人在脚上扎了两个塑料袋。走到朋友家的时候，塑料袋里都是水。我在朋友家门口取了自行车，和她告别，她高高站在台阶上，看着我脚上的塑料袋鼓鼓囊囊，像装着金鱼的口袋，哈哈大笑。

这是整个 1990 年代整个 20 世纪上海的最后一场大水。之后，上海政府投入巨资购置养护机械设备，引入管道检测系统。据说声呐检测仪放入排水管道后，淤泥的厚度数据就会显示在电脑上。而我和朋友们曾置身于 1990 年代的热带风暴，在暑假的返校日被困在学校门口，那里的下坡路在两个小时的大雨之后就成为小小湖泊，我们用自行车带着朋友，笔直冲进湖里，奋力踩着踏板。尔后，我们共同来到了干燥的下世纪。台风一次次擦肩而过，即便如此，高楼间的云急速移动。没有想到，我们已经身处未来。

文 | 魏思孝

大事皆与他无关

回望1990年代，他想起的更多是父亲留给他的回忆。有年夏天，早上下大雨，父亲背着他，穿着雨衣。漆黑一片，他听着父亲的喘息声，不知觉间，到了学校。他像是盲人，被时代驮着走。大致如此。

他1986年出生，农历丙寅年，生肖属虎，祖父取乳名寅虎。自始至终，家人亲戚以及村里相识的人都这样称呼他。直至成年，还有些村里人不知道魏思孝是谁。这种情况，他会先报上自己的乳名，如果对方脸上还滞留着疑惑，他会加以备注，我爸是魏修达。对方释然。这倒不是说，父亲在村里是多么知名的人物。只是经历了公社，村民一起出工不分彼此的年代，混个脸熟罢了。他至今在村里，有时还被当作生面孔，和初中毕业就在外求学，回到家不喜外出不无关系。

他的母亲出生在十几里地外另一个乡镇的付家庄，叫付艾英，大家都称呼她“老付”。当他长到会问自己是从哪里来时，老付给出了几个不同的答案。如果是在夏天，就说下大雨，被水冲到了家门口。在冬天，她会说，下大雪，早上去铲雪，他在雪地里，没人要，就捡回来了。也有过，是从垃圾堆里捡来的说法。那时，大概老付心情不好。等他再大点，过年去镇上的大姨家，老付指着路边一座废弃的砖瓦房，我就是在这里生的你，还有你姐。农历六月的一天，下着大雨，路上不好走，父亲推着自行车，母亲走着。到了卫生站，第二天不到中午，生下了他。三十年后，老付说，那天雨下得很大，现在没这样的天气，不知道是不是和厂子多了空气不好有关系。再问她，这一路怎么走过去的，不疼吗。老付说，有点腰疼。再也没别的细节了。

按照传统的观念，1986年他的出生，意味着香火的延续，祖父最为高兴。也是这年的3月份，撤销益都县，设立青州市。祖父民国时，在益都县做过文书，他一直没改过口，父辈也是，总是说益都，不提青州。祖父在益都做过文书，这个家族，引以为豪的事，也就这么一点。1986年，墨西哥的世界杯，在阿根廷对阵英格兰的比赛中，马拉多纳先后攻入两球：上帝之手和世纪最佳进球。后来，他在看影像资料时，会想起这一年自己的出生。

出生的那年，他们一家四口挤在老宅的一间偏房里，七八平方，炕上铺着麦秸，冬天在门口生一口小铁炉。第二年，母亲从亲戚家借了一千多块钱，在村北批了一块宅基地，盖了新的砖瓦房。他最早的个人记忆是有年夏天的午后，下着大雨，祖父抱着他在屋门前看雨，院落里有两棵枣树，嫩绿的树叶在狂风中摇摆。祖父对他说，你爸妈就快回来了。他记得，祖父留着很长的白胡子。老宅阴暗，泥土的地面要每天洒水消尘。祖母在屋里，用篮子孵鸡，总有一股家禽的意味。大伯是个智障，住在西偏房里，每天早出晚归从外面捡拾垃圾，塞到屋里，不允许外人进去。

祖父去世，他拿着缠着白纸的木棍，夹在亲人中间，走到村西边的铁道口。发丧结束，他想拿着木棍玩，被人夺过去扔进了火堆里。三年后，祖母去世，他上小学（具体几年级忘了）。发丧的时候，他一直没哭，爸爸踹了他一脚，你亲奶奶死了，你怎么不哭。他就一直哭，等结束了，他还在哭。有人夸赞他，不愧是亲孙子，哭得确实厉害。让他高兴的是，家里给了他两块钱。下午他戴着黑色的孝章去学校，同学们来围观，以他的名字编了个顺口溜：魏思孝，魏家死了人，戴上孝。

在他还没长大到可以从事体力劳动前，每年春秋两季只有欢乐的记忆。学校的老师们也从事农业生产，各有半个月的假期。春末夏初，小麦熟了，没收割机前，大人们拿着镰刀把麦子割后捆好，拉到麦场，推着石轱辘碾轧，用叉子把麦秸选出，运到沟里堆积成山。他和小伙伴，在麦垛里追逐跳跃，挖洞成战壕，模仿《地道战》里的情形。晒麦子要麻烦点，村里的胡同还不是水泥的，晒麦场的地方有限，父亲用骡马装上麦子，去几里地外的齐鲁石化厂区外面，鲜麦铺在马路上，烈日下不出三个日头就晒干了，再装车拉回家。那几日，父母在路边扎起帐篷睡觉。夏末秋初，玉米熟了，掰下玉米装袋，运到家门口扒皮，将苞米皮结绳捆在一起，拉到屋顶上，垒在一起，等待自然晾晒。此后，漫长的冬天，蹲在屋里掰玉米粒消磨时日。

家里一共七块地，分布在不同的地方，耕地播种更是漫长。套上犁耙，他蹲在上面，父亲拿着鞭子拉着骡子，大地开花般翻出来。天黑透，收工回家。等他大点，机械化普及，当他在地里拔草唉声叹气时，父母总说现在种地很轻松了，以前还不都是人干。他想不出以前会有多累，当下最是难熬。

农闲的时候，他和伙伴们去村西边的铁路上，把石头摆上铁轨，趴到对面的壕沟，用石头把石头打下来。顺着铁轨，往北走，去爬黑铁山和西山，摘酸枣吃。夏天，村西边两处大水坑蓄满水。他一直不会游泳，跳下去几次，一次被水呛了几口。有次站在小坝的岸边，忍不住跳下去，沉下去，站在坝底，看到四周绿油的水草，水往鼻子嘴巴里灌，他本能地抡起了双臂，上升，浮出水面，伸出双手，在晕厥的瞬间，被岸边的伙伴拉拽上来。躺在地上，过了一会儿，他醒过来，发现自己的肚子圆鼓。此后很长一段时间，他发觉自己体力不好时，总觉得是这次溺水喝进去太多脏水。

伙伴刘冲就没这么幸运，下水淹死，也是村子唯一被淹死的孩子。此后，家长不让他们靠近水坝。对于刘冲的死，他们私下以为是被水草缠住了，或许如大人所言，确有水鬼存在。刘冲死后的那个下午，他在家里，心里想着从电视看到的一句话，人死不能复生，节哀顺变。想用这句话安慰刘冲的家人。几年后，刘冲的父母又生了一个男孩，和刘冲长得一模一样。刘冲还活着，也就是这个样子。

他学习一般，小学从开始的倒数，到快毕业时，语文数学两门课勉强可以考到七十多分。小学在他家的屋后，穿过一片邻村的大麦场就到了。两层楼高，是附近三个村合盖的，三个村的适龄儿童都在这里上。

他那时还搞不清楚四季，春秋两季都穿差不多厚的衣服，夏天总是感到困，上课不多久就想上厕所。冬天的教室窗户糊上塑料布，不通风，早上要轮流从家里带着炭块和引柴火去烧炉子。有年冬天，看着烧红的炉盖，他陷入思考，把水滴上去，立刻就蒸发成水汽，那么把手放上去会是什么效果呢。他张开右手的五指，摁在炉盖上，手指肚鼓起来泛白，空气飘着一股焦肉味。

除夕，下过一场大雪。大年初一，天还没亮，父亲在院子里摆上桌子，供奉老天爷，烧完纸后，叫他起床磕头。他对着北方恭敬地磕了三下，心里默念着，虽然不清楚到底要说些什么，一年一次，他有些喜欢这样的仪式感。踩着积雪，来到老宅，自从祖父母去世，大伯失踪，老宅荒废，推开门，点上香放在院落的石磨上，又磕三个头。天光开始亮起来，漆黑天空逐渐透出湛蓝，积雪覆盖着一切，遮掩住原本的破败和不堪。他不知道，此后的几十年，每到春节，他都会想起这次的记忆。与此相伴的，还有他拿着树枝，在屋后的雪地耍剑，把自己幻想成一个剑客。几年后的 1998 年，电视剧《水浒传》的播出，冬天对雪的记忆，又增加了林冲风雪山神庙。

除了百天照，他最早的一张照片是 1997 年拍的，黑白照片中的他穿着白色的短袖校服，短发因睡眠压得两边趴着，显得头顶有些尖，眼睛水肿成单眼皮，嘴角上扬，不是因高兴或忍着不笑，本来就如此。这张照片后来用在了学籍证上，保存至今。他还能回忆起那天拍照的情形，正在上着课，老师喊他出去拍照，其余同学都已经照过，只剩下他。走廊，墙上挂着个白布，太阳刺眼，他坐下，眼睛不自觉地眯着。因光照强烈，眉毛处只留下两截黑影。不久后，他小学毕业。1997 年，他记得发生了许多事，先是邓小平去世，然后香港要回归。每个学生都发了一枚纪念回归的徽章，红色的，具体印的什么，记不清了。

在漫长的年少时光，他经常猜测家里的经济条件，对照旧社会的影视剧，他们能吃饱饭，和地主家吃的也相差不会太大，起码不是贫下中农。有记忆开始，父亲就是赶骡车拉货，早出晚归，闲时伺候六七亩土地。母亲在建筑队当小工，也当过小贩卖过米糕，她有白斑病，做了没多久，然后是在镇上给承包蔬菜大棚的打工，一年无休。他也曾想，自己家里是不是有什么传家宝之类的，或者家里如此贫寒，大概是故意伪装要磨炼这个儿子。直到上初中，开始了青春期，他才不无遗憾地承认，家里的确就这么穷，在任何的时代，他家都会是在底层。

他迷恋过一阵子武术，模仿甄子丹演的电视剧《精武门》，在白纸上写下这三个字，贴在门框上，找来两根木棍，用绳子连在一起耍双节棍，扔出去，打破了南屋门框上的一扇玻璃，二十多年后，那扇玻璃还是用塑料纸糊着。东屋和西屋门框上的玻璃，是几年后踢足球打破的，也保持原样。1998 年的世界杯，当足球运动员，是他第一个人生理想，维持了两三年的时间。其实他也没那么喜欢看球赛，进球太少，充斥着漫长的乏闷。他性格急躁，缺乏耐心。

1998 年的抗洪救灾，他还有印象，秋天在门口剥玉米皮。他说，中国人太多，洪水淹死几个也没事。父亲骂他，你这像是人说的话吗，滚一边去。父亲当时已经卖掉骡车，在化工厂上班，负责倒料，十二小时工作制，黑白班，一星期倒一次班。车间化学原料味大，戴着口罩。那段时间，家里总是弥漫着呛人的化学味。也是这时候，父亲的身体开始垮掉，脾气变得暴躁。他是后来才意识到，一个四十多岁的中年人，那种拖家带口的无力感。身体在走下坡路，孩子都在上学，不敢冒险去尝试。他一直在周围的工厂，轮番打工，短则几个月，长则几年，除了那几亩地，再没固定过。

他进入青春期，冗长的假期喜欢待在家里，无休止地看电视，沉浸在自我的世界里。他感受着周遭发生的变化，又不觉得和自己有什么关系。他交过一个笔友，通信几次后，当知道对方的样貌后，他再也没回过信。1999 年，班里开始有同学在聊天室交友。这年，他家里刚安装了电话。整个 1990 年代，对他来说，是记忆的起点，而他刚懂憬起未来的时候，1990 年代已经悄然过去。那些所谓的大事，对一个不到十五岁的少年又算得了什么。更让他难以释怀的，倒不如说是，还没牵过姑娘的手。

他生活至今，当年笼罩在心里的谜团，现在也都有了答案。他没想过自己会从事写作，没想到父亲会在自己二十五岁那年离开人世。他和一个姑娘结婚，组建家庭，有了自己的孩子。他从生活中得到的，比失去的多。时代和科技的发展，在他看来，改变的只是生活的方式，人类的感情和隔阂，依旧如此。爱和痛苦，除了时间，不会得到任何的缓解和治愈。回望 1990 年代，他想起的更多是父亲留给他的回忆。有年夏天，早上下大雨，父亲背着他，穿着雨衣。漆黑一片，他听着父亲的喘息声，不知觉间，到了学校。他像是盲人，被时代驮着走。大致如此。

文 | 龙荻

底色

印象里我爸妈那些女学生都自我且自由，狠狠爱过又可以随时抽离，真实且无畏。在那个还没有潮牌和爆款遍地的年代，没有网红们涂着红眼影满街拍照的年代，她们每个人的妆容和着装风格都独特迷人，让人向往长大。

1

我的 1990 年代，始于五岁半的 1990 年的 6 月。短暂且尴尬的幼儿园时代结束了。我读幼儿园晚，混混日子读过川美幼儿园的中班和大班，还没完全适应集体生活，也不太听话。记忆里全是尴尬地违抗老师命令的经历，比如老师教大家认左右，举起左手右手，这个我早就会了，我就会故意反着出。幼儿园时候几乎没有美术课的印象，大概老师们都有自知之明，这些孩子的父母都会画画，这个过程就省略了。

记得幼儿园就有人际纷争。好在我对幼儿园孩子们的规则不大敏感，有的情绪激动的孩子（不分男女）不高兴了就会开除掉谁。开除我会有个手势，之后剩下的时间就不跟我玩了，还会拉着别的孩子一起开除我，在面前三四个排开做手势的样子，像现在的男团女团唱歌跳舞的动作。我也没什么难过的，就觉得大家很有趣，不高兴也搞得很有仪式感。

现在年纪大了，和一些朋友不来往，比较像幼稚鬼的那些，也会如此，拉着别的朋友吐槽，然后屏蔽我朋友圈。觉得蛮好笑的，虽然现代人反目成仇的原因可能更复杂无解，也可能就老死不相往来了。

幼儿园结束的那个六一儿童节，我在四川美术学院美术馆的一个长廊办了个展。那个长廊面对着美术馆里一处假山水池小花园，水池里有金鱼和锦鲤，有人造溪水。记得开幕那天是六一，表演完节目之后换上一条舒服的连衣裙，我满以为这样就可以玩了，毕竟那天阳光明媚，重庆也不算很热，展墙正对的水池是我爱玩的地方。

可是到了美术馆，就被大人们拉着拍照，和看展的人打招呼，叫叔叔阿姨爷爷奶奶。非常不情愿跟大家说为什么要画这些画，回答关于画画的问题，人们赞美这么小就办个展了之类也毫无感觉，只想去玩水。后来玩到了就疯了，再也不回去社交。

办画展的情形想想，二十多年都没有变过。自己的展览开幕的时候，依然只想到画廊外面抽烟和最熟的朋友待在一起，不喜欢去合影拍照解释创作。五岁半的时候的画都是画着玩，三十岁和三十三岁展览时候的画依然是画着玩。

从幼儿园到学前班和小学，可以算是有了一种成长感。奠定成长感的标志，是父母让我参与到他们日常进行的活动中。比如看电视，小学时候跟着他们一起看了《编辑部的故事》《我爱我家》《北京人在纽约》，不是特别能跟得上父母的笑点，但又在努力理解，能和他们一起看，他们心情好还会跟我解释下笑点，着实觉得自己长大了。

2

念学前班和小学之前，我大部分时间在外公外婆家待着，读书之后一直到小学三年级之前的夏天，也是在他们家待着。外婆是川美毕业的，后来在重庆市博物馆工作，外公没有学西洋艺术，但会教我写毛笔字画国画。

小时候最不缺的就是时间，打发时间最好最简单的办法就是画画，外公外婆会简单点评一下，不干涉过多。父母来接我的时候再给他们看，我爸就会说哪张比较好，比如生动啊、有味道啊、感觉不错啊，相反的评价就有死板、犟之类的。听多了就有个对比，好歹知道怎样是比较好的风格。

父母和祖父母辈是艺术家和艺术学院老师最直观的影响便是，从来不会觉得艺术是一个神圣、神秘和更高级的东西，那就是每天的生活。画画没有压迫的感觉，反倒是跟同龄孩子玩会觉得无聊和不情愿。艺术并不艺术，非常生活和日常。

一个学校大院就是个小社会。人们爱艺术好浪漫，学校里荷尔蒙的气息永远很浓很奔放，艺术家们有柴米油盐出轨离婚的纠葛，作为教师的艺术家还很可能跟学生发生这样的感情纠葛。我妈妈当过附中的班主任，有年轻的女学生常来家里哭诉自己的感情经历，和同学的纠葛有，和大学部的人有，和老师的也有。我放学后作业写完了，就会在旁边玩，似懂非懂地听着。我妈留女学生吃了饭，就会推说我要睡觉了打发她们走。久了父母就会总结一句，你以后不许和艺术家谈恋爱。

印象里我爸妈那些女学生都自我且自由，狠狠爱过又可以随时抽离，真实且无畏。在那个还没有潮牌和爆款遍地的年代，没有网红们涂着红眼影满街拍照的年代，她们每个人的妆容和着装风格都独特迷人，让人向往长大。即便我长大到附中女生的年纪的时候，大家已经变成了球鞋爱好者。

小时候喜欢跟着父母去教室玩，艺术学院的教室就是画室，看到模特静物和画架。喜欢跟大人和大孩子玩，希望快速长大。读幼儿园跟父母时间多了以后，我爸告诉我不爱画国画写大字就可以停了，爱画啥画啥，经常会扔给我毕加索马蒂斯之类的画册看，今年过年的时候还找出小时候我最喜欢的一本晚期毕加索的画册给我了。

印象里最喜欢的有故事性的画册大概是亨利·卢梭和马格里特的。亨利·卢梭的世界有很多动物和好看有趣的人，是那种能让人在脑子里自己琢磨编故事的画册，马格里特相比之下要阴郁沉闷一些，但依然是好看的。这些画册比起幼儿园时候父母精心选过的画得好的插画书要好看很多，最好看的便是没有设定的内容和情节，自己可以发挥和想象。受不得束缚，大概是从小这些经历所致。

这样一来，尽管在小学和初中开始的时候，也看日本漫画，但最终还是放弃了对这个风格的喜爱。和很多人看故事不一样，画画的人会去琢磨画风，漫画创作的套路和规则太多，设置和束缚都很多，令人反感，于是跟着周围人看了几年之后，就不看了。从来没有自己买过一本漫画书。

美院的子弟，有一个既定的成长路线。那就是读附中学艺术，或者说这是一条最安全便利的路。但从记事起，我父母就明确说，要好好读书，成绩不够好才读美院。毕竟不争的事实是艺考耽误文化课时间，文化课要求相对比较低。从小唯一觉得惊吓的，便是考不好被威胁要读美院，心里暗想也许父母也腻了，家里不能三代都从事艺术吧。于是便战战兢兢好好学习了。

3

虽然希望我好好学习文化课，不要惦记着备胎选择学艺术，但我的父母们并不是那种为了孩子倾注一切，孟母三迁型的家长。大概对自己的教育方式足够自信，所以念小学的时候就近读了川美附近一所很不起眼的小学，前几年这所学校已经没有了。我还记得刚上小学时候，学校里还有很多川美子弟，但越读到后面，要好的子弟朋友就越少了，因为家长们害怕在太一般的学校读书，会学坏会考不上重点中学。大家转学去了更好的重点中学，那时候最近的重点中学车程也要半小时。

我爸妈倒是不信这套，他们给我算了一下转学的成本。倒不是说钱的问题，是浪费时间的问题，每天我要少睡一个小时，少玩一个小时，没有时间看电视也没时间看闲书，那怎么行呢。我爸认为看闲书的时光、校外的时光才是奠定一个人成长的底色和基础，是不能消磨在通勤的疲惫上的。

于是作罢，继续在很普通的小学读下去。大概是运气好，我也一直是班里最好的学生，普通小学的好处是几乎没有补课，放学就走人，作业写得快就走得早，时间充裕就可以在回家路上耗掉一些时间，东逛西逛，一时兴起会跑到江边去玩，然后再夕阳西下慢悠悠溜达回家，和大部分孩子一样时间到家。

小学时光非常平静散漫，没有什么波澜，选择就近的小学读书，仿佛给美院为我筑起的堡垒又加了一条护城河，总之每天就是家和学校，以及中间的闲暇时间。喜欢和大人玩，喜欢和男生玩，只要在学院的范围内，就可以随便野。钻过的防空洞，翻过的院墙，现在长大了再回看，都是很小的一个地方。

小学的假期会看很多闲书，也跟着父母看了很多电影，跟着大人到处玩。很多小说是小学的暑假看的，三毛也是念中学之前看过了，倒是没有羡慕她的生活，觉得自己日后大概要过上秩序感多一点的日子。

四年级的暑假，为了打发时间，去川美的补习班混了半个夏天，那是为考附中和大学的学生开设的班，给有一定基础的孩子准备的。我零基础画了第一天素描下来回家，等着我的是我妈一顿教训，她甚至说："画成这样，怎么配做我女儿！？"但我也不生气，这不才开始呢么，继续画了一周后，就好多了。这大概是我受过的唯一一个月专业的艺术教育。

唯一数得上比较令人激动的时刻，大概是小学三年级秋天，上学路上出了一次车祸。那次被两架超速的摩托车撞倒在地，一时间有经历濒死体验的瞬间，一条漆黑的隧道逐渐照进温暖的光，隧道两侧是人生至那个时刻遇到的朋友们和亲人。然后我就晕了过去。

伤得并不重，但整整四十天都没上学，被父母伺候，接受各种人探望，作业也不用写，算是因祸得福，多放了一个寒假。

另一个让我感到有趣的时刻，是 1990 年代中期爷爷奶奶离婚。爷爷奶奶在七八十岁的时候决定结束并不和谐的婚姻分开住，让我更明白婚姻这件事的不靠谱，也许日后学了美国历史，再学性别史，写了离婚主题的论文大概也缘于此，总之对婚姻的不屑大概从小便有。觉得要跟一个人一辈子过下去简直不可能，虽然都知道有离婚这个选项，但起初又要装出一副一生所爱的样子，实在好累。直至现在，我都不知道什么算是可以结婚的感情，每一段恋爱只要谈得问心无愧就行了。

4

1990 年代末，我念了初中。从走运考上重庆外国语学校寄宿开始，美院的 1990 年代算是结束了。我到了一个全新的环境，在起初的不适应之后，又比较开心地做起了成绩不差的边缘人，父母关于学习不好就要读美院附中的警告开始变得现实起来，但好在我成绩不差，考砸也不至于出格，竟然不太害怕这样的威胁了。初中时候依然胆子很大地在自习课上看小说翻杂志，班主任家长会点名，我爸会反问，自习课不看闲书看什么呢?

读了中学才知道，我确实在一所没人知道的小学读书，而我同班考入难考的重点学校的孩子们几乎都在补习班认识了。我连补习班都没有上过，误打误撞考进去，实在令人费解。初一的暑假看了《挪威的森林》，很同情绿子讨厌自己的中学。而这本小说以及那个夏天偷偷看完的《黄金时代》也意味着童年的结束，青春期的到来。初一之后，我开始适应学校，也不再反感这所学校，之后的五年是非常愉快地度过的，现在想来，那都是极其自由的一段读书时光。

1990 年代对我来说，有一层类似车祸时候的濒死体验的光晕，那时候会不自觉地受周围年长一些人事的影响，想加速长大，去体验看到更多的东西。那时候看过的电影和书都印象深刻，成了一种抹不掉的底色。哪怕是在一个相对封闭的环境里自由长大的人，也不一定不能适应后来更趋于正常的成长路径，那层光晕最后成了一层保护，存留至今。

文 | 杨庆祥

九十年代断代

我的第一个问题是，1990 年代的总体情势开启于何时？
无论如何，会有一个时间的节点具有重要的意义，它类似于一个原点，借助这一原点建立的坐标轴，向前可以回溯 1990 年代的前史，向后则可以看到影响的延续和焦虑。

1

时间的指针回拨到 1991 年 7 月。有两个人将从安徽省宿松县出发，前往南京。他们从一个叫下仓的水运小码头登上机动帆船，用近三个小时的时间穿过了该县最大的水域——黄湖。上岸后步行了近一个小时，在长江边上一个叫复兴镇的地方短暂休息，然后用半个小时坐轮渡横穿长江，抵达江西省彭泽县——就是那个著名的陶渊明不为五斗米折腰的地方。在彭泽县他们受到了热情的款待，在一条小街上，几乎所有的人都来向这两个人打招呼，有人买了西瓜切开，大家围坐在一家店铺的门口边吃边聊。当然更多的人，是向那位来自南京的医生咨询相关病情。第二天晚上 7 点钟，这两个人来到彭泽县的客运码头，他们将在这里登上驶往南京的大轮船。这两个人，一个是我，其时 11 岁不到。另外一位，是我的叔祖父，年龄并不大，40 多岁，不过是因为家族人丁兴旺而早早就登上了祖父的辈分。他是南京军区第八一医院肿瘤与肝病方面的专家。这一次他回家短暂探亲，并决定带上我去南京见见世面——在我们老家那一带，南京意味着极遥远的所在，如果小孩贪玩不回家，大人找到了往往会责怪一句：跑到芜湖南京去了。后来我才知道，因为长江水路的便利，这两个城市也往往是家乡生意人常去的地方，俗语的背后，是经济的脉络。

那是我第一次见到用于客运的大轮船，也是目前为止唯二坐过的客运轮船，另外一次就在数周后，我同样坐大轮船从南京返回。据相关资料，2003 年 4 月 25 日，武汉港关闭水路客运，2004 年年底，南京港也停止长江客运，至此经营了 45 年的长江客运线路全线关闭。

那晚的所见是极其震撼的场景，巨大的船体停泊在宽阔的江面，灯光从几层楼高的舷窗、甲板和旗柱上投射开来，辉煌灿烂，这是我以前从未亲眼看见的场景——现在想起来，这简直就是“现代”第一次直接呈现在我的眼前——虽然在此之前，我经常在电视里看到这些景象，但是艺术上的奇观呈现，对于中国人来说，却要等到 1998 年的好莱坞大片《泰坦尼克号》的全国热映。一种奇怪的同构诞生了，从现代以来一直构成中国文化核心象征的“船”在 1990 年代一分为二：现实中的船和镜像中的船，中国的船和美国的船，或者更进一步，历史的船和观念的船。

叔祖父带着我走向检票口，他拿着一个很大很沉的包，我背着一个小包，大概是因为他穿着带有徽章的军装，那个年轻漂亮的女检票员啪地来了一个立正，举手敬礼，说：“首长好。”我瞬间面红耳赤——我并非经历到了爱情，而是出于一种全人类都有的纯真——这是 1990 年代的序曲。在此以后，纯真这一类的情感将慢慢变得没有意义，但是在 1991 年的那个 7 月，在我开始我 30 多个小时的单调旅程之前，它确实在我的心里激起一种庄严神圣的情感，随着一声汽笛的长鸣，江水滔滔，未来似乎就在前方。

2

个人的记忆虽然如此鲜明，但却不能代表1990年代总体情势的开启。实际上，相对于对1980年代的热议和怀念，1990年代反而是被放置到了更遥远的历史空间里面封存了起来，以至于我们不得不需要借助一种或许可以称之为1990年代的知识考古学，才能够将这一“总体情势”建立起来。詹姆逊在著名的《60年代断代》一文中指出：“所谓的‘时期’无论如何不可解作某种无处不在且统一的共同思想和行为方式，而是指共有一个相同的客情境，因此也才有了林林总总、各式各样的反应和创新，但这一切总是在那情境的结构范围之内发生的。”同时他也指出，要描绘出这种情境：“史学家就应该重新表述其天职，即不再是‘像真情实境那样’生动地再现历史，而是要去创造出历史的概念。”[1] 詹姆逊明显受到后结构主义的影响，认为“叙述”高于“历史”。但这一方法论依然不能颠覆一个基本的历史叙述原则，叙述必须基于基本的“事实”。因此，“真情实境”、个人记忆，以及小说家一般的讲故事的方式都会构成对总体情势的建构的有机部分。

我的第一个问题是，1990年代的总体情势开启于何时？无论如何，会有一个时间的节点具有重要的意义，它类似于一个原点，借助这一原点建立的坐标轴，向前可以回溯1990年代的前史，向后则可以看到影响的延续和焦虑。丹尼尔·辛格在其极有批判性的著作《谁的新千年——他们的还是我们的？》[2] 认为，正是80年代末的时间节点导致了世界史在此时的分裂变化。如果说1960年代

1 ［美］弗雷德里克·詹姆逊：《60年代断代》，王逢振主编：《先锋译丛（3）六十年代》，天津社会科学院出版社，2000年1月。

2 ［英］丹尼尔·辛格：《谁的新千年——他们的还是我们的？》，中国人民大学出版社，2003年4月。

是“三个世界”鼎足而立的时期，20 世纪 70 年代至 80 年代基本上就是美苏两个超级大国的“冷战”时期，那么，在 80 年代末，这一“势均力敌”的局面被彻底打破了。苏联在其联邦之内和联邦之外的困境已成定局，这构成了一个巨大的历史疑问，《千年终结》[3] 的作者认为其中最重要的一个原因在于苏联的管理体制已经完全不能适应现代化工业社会的发展，这让人想起黄仁宇在《万历十五年》中提出的观点，他认为明朝的危机来自政府无法进行“数目字”的管理，并因此压抑了资本主义最重要的历史发展契机。在这一大的历史语境下，在政治的层面，撒切尔夫人提出了著名的“别无选择”(There Is No Alternative）的观点，这一观点为其赢得了一个非常有意思的外号“蒂纳”(TINA)。而在历史的层面，它直接影响到福山所谓的“历史的终结论”。这两者其实都指向一种共同的意识形态：资本主义（私有制、自由市场，代议民主）目前是唯一的社会模式。

具体到中国而言，类似的历史时刻只是现代以来众多变动纷呈年份中的一个。它的普遍性在于它几乎是一种历史的必然，而它的特殊性在于它继承了自现代以来众多的历史遗产和精神遗产。该时刻的史前史是一个众说纷纭的问题。最自然的一种观点，当然是将其限定在 1970 年代末社会经济调整的层面来解释。稍微深入一点的观点是，将其理解为 1980 年代新启蒙语境下的一种文化延展，比如张颐武就认为：

其实 80 年代的主题，就是如何将个人从计划经济时代的

3［美］曼纽尔·卡斯特：《千年终结》，社会科学文献出版社，2006 年 9 月。

> 宏大的集体性话语中脱离出来。80 年代的“主体性”的召唤表达出来就是这种“个人”存在的精神性的要求。无论是萨特还是弗洛伊德其实都是为这个新的“个人”的出现发出的召唤。这个“主体性”的个人的展开，直接提供了思想和精神从原有的秩序中“解放”的想象。其实，80 年代文化的关键正是在于一种对于康德的“主体性”观念的新的展开。……而李泽厚的发挥似乎更加重要：“应该看到个体存在的巨大意义和价值将随着时代的发展而愈益突出和重要，个体作为血肉之躯的存在，随着社会物质文明的进展，在精神上将愈来愈突出地感到自己存在的独特性和无可重复性。”这里李泽厚召唤的康德的幽灵其实是对于 80 年代新的精神的召唤。

张颐武很清楚地看到了李泽厚对康德的召唤，但是他忽略了一个很重要的问题，李泽厚对康德的召唤其实并非是直接性的，而是经过了马克思这一中介——实际上在 1980 年代的思想讨论中，几乎无法绕开马克思，不过是更侧重于马克思的某一面向而已。更有意思的是，也正是李泽厚提出了“启蒙”和“救亡”这一现代以来的双重变奏模式。在这个意义上，该时刻就不仅仅是一个“主体性”的启蒙自我问题，同时也是一个“群众性”的革命动员问题，也就是说，1980 年代不仅仅是“五四”的一次再现——这是 1980 年代以来学术界的基本观点，同时也是 1960 年代的再现——用大卫·艾普特的表达方式来说就是“80 年代发生的 60 年代运动”[4]。启蒙和

4［美］大卫·艾普特：《80 年代发生的 60 年代运动》，王逢振主编：《先锋译丛（3）六十年代》，天津社会科学院出版社，2000 年 1 月。

革命在现代史上反复上演，这一次，他们合二为一，但是其后果却截然不同：启蒙和动员都在一种似是而非的修辞和幻觉中被强大的秩序中断了。

我在数年前的另外一篇文章中将90年代初称为“沉闷的三年”[5]，今天我依然沿用这一观点，但是我也同样没有找到足够的资料来解释和说明这一观点。一个已知的事实是，资本主义已经开始其新的全球布局：1988年亚太经济合作组织（APEC）在堪培拉宣告成立，并于第二年举行了首届部长级的会议；1989年1月，美加自由贸易协定正式生效；同年6月，拉丁美洲经济体系债务会议于委内瑞拉首都举行。“冷战”终结产生了巨大的空白政治经济区域，这些区域需要资本、市场和劳动力去填充。历史的局势已经不允许这种“沉闷”继续下去，在普遍的期待中，1992年，邓小平以出人意料的方式展开了行动，这位党内的改革派和实干家从北京出发，一路向南，并发表了系列讲话，这些讲话“重申了中国深化改革、加速发展的必要性和重要性，总结了前此十多年改革开放的经验教训，在一系列重大的理论和实践问题上，提出了新的思路和新的看法，并最终形成了中共意识形态史上继马克思列宁主义、毛泽东思想之后的‘邓小平理论’”。在1992年，这些讲话内容被总结为一个更微妙复杂的政治修辞名词：中国特色社会主义市场经济。也正是在这个时候，我们才可以说中国的1990年代开始了。

5 杨庆祥：《二十年中国史和徐冰的“凤凰”》，杨庆祥著：《无法命名的个人》，北岳文艺出版社，2017年1月。这篇是为中国著名艺术家徐冰大型装置艺术《凤凰》在美国展览写的介绍性导言。

3

邓小平在南方谈话中说:“改革开放胆子要大一些。看准了的，就大胆地试，大胆地闯。对改革开放，一开始就有不同意见，这是正常的。不搞争论，是我的一个发明。不争论，是为了争取时间干。”这段话有丰富的可解性，其前提是搁置长期困扰的意识形态（姓社还是姓资）争论，同时悄悄启用另外一种意识形态，即“时间的意识形态”。在现代化的矢量线性时间里，中国被丢在了后面,现在它需要用时间来赢得空间——这与抗日战争时期的“以空间置换时间”形成了微妙的对位关系。在现代的谱系中，时间和空间必须通过激烈的方式来予以置换——其最高的形式，就是战争，就像《国际歌》里面所唱的那样:这是最后的斗争。“最后”的意思并非终结，而是以总体战争的形式来重新开启时空。具体就中国而言，有三次战争极有意义：第一是抗日战争，民族性赖以重建；第二是朝鲜战争，“龙战于野”，在他国的空间上为自我赢得时间和身份；还有一场被我们经常忽略的战争，那就是1970年代末的“对越自卫反击战”。这场战争几乎是以“闪电”的方式开始和结束，其主要的意义，在于确立了一种新的利益原则，不是从意识形态的利益而是从实用主义的利益来区分敌我。

普通的民众可能不太关注意识形态的变化，但是他们记得一句更明白晓畅的格言:“无论黄猫、黑猫，抓住老鼠就是好猫。”[6] 发展现在变成了最硬的道理，而衡量发展的标准，不再是盲目的“共产主义大跃进”，而是变成了实用的利润。作为从传统的计划经济体制向新自由主义市场经济的一次跨越，1990年代进行了激烈的试验：1993年朱镕基推行分税制改革和银行改革，1994

6 邓小平:《怎样恢复农业生产》,《邓小平文选》第一卷，人民出版社，1994年10月。

年又结束人民币汇率双轨制，扩大外贸，同年出台《关于深化城镇住房制度改革的决定》……这一系列的改革都涉及一个核心命题：对所有权的重新界定和分配。在 1993 年推行的建立现代企业制度中，对此有一个集中的表述，现代企业制度被界定为：产权清晰、责权明确、政企分开、管理科学。虽然从资本主义的基本原则来看，这种所有权和经营权的分开还明显带有社会主义公有制的痕迹，但是对于 1990 年代来说，这是继 1980 年代联产承包责任制实行以来的一个巨大推进。这两者的前后相继以及相关政策的落地，意味着 1990 年代的改革是全方位、立体覆盖式的，对此我曾经有如下表述：1980 年代的改革开放更多的是针对"文革"与社会主义经验，它充其量是社会主义内部的一种有限度的调整；而 1990 年代的改革开放，更多的却是针对全球化的资本浪潮。[7]

史无前例的大规模人口迁徙开始了。1949 年以来居高不下的出生率为 1990 年代贮备了大量的劳动力人口，1980 年代农村的基础性改革带来了基本的温饱并提供了可供使用的闲暇时间，由于人身关系的松动，这些闲暇时间可以被用来从事更有利润性的工作，更重要的是，被压抑了长达三十年的欲望现在得到了制度和舆论的双重鼓励和刺激。根据相关数据，自 1992 年开始，进入城市的农民工以每年 2000 万的速度递增，2015 年的一个统计数据显示，出生于 1980 年代的"80 后"农民工有近 1 亿人。这数量庞大人口的涌入虽然受限于种种的政策制度（比如严格的户

7 杨庆祥：《二十年中国史和徐冰的"凤凰"》，杨庆祥著：《无法命名的个人》，北岳文艺出版社，2017 年 1 月。

籍制度），但依然非常直接和迅捷地改变了中国的现实景观：从1990年到2000年，中国的城镇化率提高将近12个百分点。根据学者李中清基于中国华北农村地区的数据调查，这也是自近代以来中国最大的人口变迁，超过了前此任何一次战争、天灾和社会变革的影响。对于城镇人口来说同样如此，如果说“农民工”和“外来妹”是基于农村流入人口的两个新词，那么，“下海”就是基于体制内人群的一个新词，“铁饭碗”看起来并没有那么吸引人，更雄心勃勃的人试图通过“下海”自由创业来获得财富和实现人生价值——财富自由在这几年变成了一个热词，但是其根源，在1990年代已经埋下。在这一群人中，有一个著名的92派，以区别于1984年诞生的第一代企业家84派，这些92派包括：创办了通恒公司的蛇口工业区原常委副区长武克钢，创办了“汇源”的副县长热门人选朱新礼，创办了“建业”集团的河南省原外经贸委公务员胡葆森，创办了“中坤”集团的中国市场协会原副秘书长黄怒波，等等。

我将这些人称之为“社会主义特色新人”，以区别于“社会主义新人”。社会主义新人的要义是为了整体利益放弃个人利益，个人的存在价值是为了实现整体利益的进步；而社会主义特色新人将暂时搁置整体利益，而激励个人利益的快速倍增。在某种意义上，社会主义新人一直停留在象征的领域；而社会主义特色新人则集中在现实域，他就是我们身边的每一个他者。1990年代创造并催生出来的社会主义特色新人包括农民工——一种混合了农民和工人的奇怪的指称；完成了第一轮原始资本积累的企业主，这些人中的一部分后来会变成资本大鳄，进一步融入全球化的资本体系；另外一些人则会成为出让了一部分权利的中产阶级；当然其中命运悲惨者除外，比如褚时健，他直接去了监狱。另外一部分更具有美学色彩的新人——小资产阶级，将会在这些资本大鳄的公司出卖自己的劳动力，并在获得一定生活资料的基础上维系其美学上的自由，所以他们的集中出现，至少要等到十年以后。

1990 年代的市场化改革还诞生了另外一个词和另外一群人——“下岗”以及下岗工人。我没有将这些人放在社会主义特色新人里来讨论，是因为其本身的复杂性。从现实情况来看，他们似乎回到了阿甘本在《什么是人民》中论述的那种含义：“穷人、弱势者和被排除者。”[8] 他们和 1993 年深圳一家合资公司被大火烧死的 82 个女工一起，构成了 1990 年代的另外一面。对于他们的书写和表达，要等到《铁西区》和《钢的琴》此类作品的出现，同时它也奇怪的构成了一种美学资源和题材，其中尤其以近些年的“东北书写”为代表——似乎可以引用作家路翎在 1940 年代末的一句话来为此旁证：……时间，在艰难地前进。

8 [意] 吉奥乔·阿甘本：《什么是人民》，吉奥乔·阿甘本著：《无目的的手段：政治学笔记》，河南大学出版社，2015 年 1 月。

4

对于1990年代的文化界来说，沉闷期似乎显得更加漫长。很显然，对于过去了的1980年代和即将展开的1990年代，在1980年代接受了“新启蒙”和“主体论”精神训练的知识分子们都没有做好足够的思想准备。他们几乎是以一种非常直觉的方式来表达其对1990年代的不满——“公众文化素养的下降，人文精神素质的持续恶化，暴露了当代中国人文精神的危机”。他们对1990年代的娱乐文化和消费主义表达了一种美学上的厌恶，这一点类似于维多利亚时代的浪漫派对“阿尔伯特式”的商业主义应激式的心理反应。不过在维多利亚时期，还可以创造出一种崇高的“维特主义”来维持其文化上的优越感。但是在1990年代的中国，人文主义者们找不到解决问题的良方，他们的“姿态”遭到了嘲笑，并被比喻为“叶公好龙”的当下版本，当“现代化”来临的时候，这些曾经呼唤“现代化”的人却恐惧了——他们不能面对真正的观念和全体。对于现代化更加深刻和辩证的思考，要等到1997年汪晖《当代中国的思想状况和现代性问题》[9]一文的发表，虽然此文引起广泛的争议并直接导致了知识界的分裂，但是其将现代性置于“世界性”（普遍性）和“地方性”（历史性）的双重视野进行考量的方法论在今天依然具有范式的意义。

统一的文化共同体想象瓦解了，知识分子的幼稚病就在于想当然地以文化的创造者和捍卫者自居，而忘记了当文化的根系发生变化之时，知识者如果不及时进行调整，就会陷入“失语”的状态。他们中的一部分人开始转身去拥抱流行的观念，比如以写“改革小

9 汪晖：《当代中国的思想状况和现代性问题》，《天涯》1997年第5期。该文1994年已发表于韩国知识界的重要刊物《创作与批评》（总86期）。

说”崭露头角的贾平凹敏感地嗅到了“新时代”的气息，1993 年引起热议的长篇小说《废都》应运而生——这个题目和“人文精神”讨论的主标题《旷野上的废墟》有异曲同工之妙，不同的是，借助虚构的人物和故事，《废都》隐喻的是启蒙之死，启蒙不但死了，而且启蒙的主角现代知识分子又重新轮回到了由色情、变态和自恋妄想症为主要特点的传统文人。在这个过程中，女性重新被“客体化”，虽然借助 1994 年世界妇女大会在北京的召开，具有独立女性意识的作品得以有机会发表和传播，但不过是昙花一现，早在 1990 年，苏童的《妻妾成群》已经暗示了一个重新“东方化”和“处女化”的男权时代的来临，正如垄断性的政治是克里斯玛型的，垄断性的经济和商业同样也是克里斯玛型的——在 30 年后的今天，这一结构日益恶化，即使是全球性的 me too 运动也无法将其动摇。

但是并非所有的人都放弃了启蒙的使命，只不过是换了一个形式。王朔和王小波都采用了“反讽”的形式来讲“正话”，比较而言，王朔更有现实性，他直接拆解陈旧的权力结构和宏大叙事，因此他迅速在 1990 年代获得读者，并被误解为是一种“痞子文学”，而王小波，则借助更复杂的智性来建构他的“理性王国”，他和他的“门下走狗们”要等很多年以后才能获得更多的认可——对于 1990 年代的流行观念来说，他们可以轻易地接受金庸，甚至用金庸置换掉茅盾，但是却难以接受王小波这样一只“特立独行的猪”。

另外一个更游离的人物是张承志，在 1990 年代，他以坚决的“抵抗派”姿态著称，并捍卫某种所谓的“清洁的精神性”。在《黑骏马》和《北方的河》中，他还是群体中的一员，分享着共同的文化观念和家国情怀，但是自《金牧场》开始，他陷入了“文化的分裂”和“认同的焦虑”，在一种类似于鲁迅式的“回心”的挣扎中，他选择了一条自我放逐同时也是灵魂皈依之路——这条路还没有走完，在2018年出版的一部作品集中，他用了一句形象的短语来概括：三十三年行半步！

对于绝大多数人来说，“大步流星奔小康”才是正确的选择和方法。在日新月异的经济基础之上，大众文化和大众媒体开始蓬勃兴起。虽然在1980年代中期以后，以通俗文学和地摊杂志为标志的大众文化（文学）已经开始流行，但基本上还处在一个非法的地位，同时也经常遭受来自精英文化和官方文化的双重围剿。但是在1990年代，官方文化和大众文化找到了契合点：大众文化需要通过官方文化来获得承认和合法地位，而官方文化，需要大众文化为其提供直接的经济利益，以及更重要的，去占据因为僵硬的宣传文化被抛弃后留下的文化真空。这一次，它们合作成功。1990年代以来，无论是从技术基础还是从情感结构来看，都是大众文化前所未有的胜利期。据相关资料，“截止到1990年年底，京、津、沪、黑、吉、辽、皖、苏、浙、闽、川、粤等19个省、自治区、直辖市有舞厅、歌厅6966家，台球厅37201家，电子游戏厅17039家。再加上几年后遍布各地的录像厅，这些‘厅’，构成了1990年代中国人的娱乐场所”。[10] 在这些娱乐场所被“消费”的文化是以金庸、琼瑶、三毛、汪国真、席慕蓉、刘德华、张学友、小虎队等为代表的以“传奇”“浪漫”“软抒情”为主要特色的“亚文化”系列，不过，这些以前被目为精英文化补充的“亚文化”现在变成了主流文化，并迅速占据了市场。自现代以来，因为市民阶层的兴起，大众文化被视作一种由市民——接受过理性启蒙并有文化意识的现代公民——创造出来

10 谭山山：《无人认领的九十年代》，《新周刊》编：《我和我的九十年代》，中信出版社，2017年12月。

的有效的文化形式，被目为是对统治阶层文化的一种挑战和反动。在资本主义秩序下同样如此，一方面，资本主义的批判者们企图借助大众文化的形式切实地争夺文化领导权，比如本雅明就曾经一度天真地认为电影是组织大众改造社会的良器；另外一方面，如果大众文化的领导权并没有掌握在“先锋队”手里，则大众文化很容易沦为没有“内面”和“批判性”的附庸文化，所以阿多诺在 1960 年代的文化批判里一直强调他并不批判大众文化，而是批判大众文化的工业化——在某种意义上就是彻底地资本主义化。但一个悖论是，在资本主义的条件下，大众文化必然会工业化和产业化。因此，它必然会不断地阉割和排斥其内部的异质性，从而在文化调性上变成一种“无攻击力的”“无害化”的存在——其最极端的肉体表现形式，就是一种性别的故意“错置”，一种老巴尔扎克所描述的“萨拉辛”式的存在。

1993 年，香港摇滚乐队 Beyond 主唱黄家驹在日本因参加某娱乐节目而摔下舞台，不幸身亡，终年 31 岁，以一种隐喻的方式暗示了这种被排斥的宿命性，而中国大陆的摇滚音乐在 1994 年“魔岩三杰”（张楚、何勇、窦唯）的盛极一时后转入沉默。温婉的、滑稽剧式的、小幽默小励志小清新的艺术形式成为普遍的选择——它的集大成者，是周星驰。

创造“人民群众喜闻乐见的艺术形式”一直是新文化的核心课题。在儒家、启蒙和革命三种情感结构的反复搏杀中，1990 年代以最具戏剧性的形式终结了这三者。“民族—资本—个人”三位一体的闭环形成。唯一不变的是，大他者一直都在，而且越来越深不可测，不可抵抗。

5

1990 年代会终结吗？如果终结，是终结于何时？

在“别无选择”派看来，1990 年代永远都不会终结，因为 1990 年代确立的资本主义的秩序和符号体系已经构成了普遍性的真理。1994 年 5 月，太平洋盆地经济委员会第 27 届大会于吉隆坡举行，中国首次以正式成员国的身份与会，同年 11 月，第二届亚太经合组织领导人非正式会议在印度尼西亚的茂物举行，会议发表了《茂物宣言》；1995 年 1 月，世界贸易组织在日内瓦成立，同年 9 月，联合国第四次世界妇女大会在北京顺利通过《北京宣言》和《行动纲领》；1996 年 9 月，第 50 届联大全体会议通过《全面禁止核试验条约》；1997 年 7 月 1 日，中国对香港恢复行使主权，同年，亚洲金融危机爆发；1999 年 7 月 1 日，中国对澳门恢复行使主权；2001 年，中国正式加入世界贸易组织（WTO），同年，美国本土遭遇建国以来最大的袭击，史称“9 · 11 事件”……

如果将 1992 年的南方谈话视作 1990 年代的起点，那么 2001 年加入世界贸易组织可以视作是 1990 年代的终点。它的物理时间为 9 年，它所代表的意义是，中国试图加入全球经济世界体系并最终获得成功，它在接下来的分红中部分实现了其追求的实用主义和利润原则，并建构了一个成功和崛起的具有后发优势的“现代民族国家”形象。

但是，如果多年后我们检视这一段历史，基于不同的历史事实和历史瞬间，我们也许可以将这一段时期表述为“新的劳工阶级、新的剥削、新的剩余价值、新的资本扩张和新的全球殖民主义”重新合法化的过程。同时，也是一个“强权法”彻底战胜了“大地法”的时代——在后一种意义上，也许将 2008 年视作中国 1990 年代的终结更有启示性，这一年，万众瞩目的第 29 届夏季奥运会在北京盛大开幕，同年 5 月 12 日，中国四川省汶川地区发生里氏 8 级地震。

最后请允许我将时针再次拨回到 1991 年的那个 7 月。我们顺利抵达南京。穿过一条浓荫密布的法国梧桐大道，一群叔叔和姑姑在华侨路的军队家属院里欢迎我们。他们围坐一圈，问长问短。其中一个毕业于外国语大学的叔叔听说我刚刚学习英语，立即要求我朗读给他听，于是所有的人安静下来听我结结巴巴读“Hello, how are you?”朗读完叔叔纠正了我的几个发音。他说，外语非常非常重要，要学好。几天以后，我获得了一台“熊猫牌”单放机和两本初级英语听力磁带。另外一个毕业于医学院的叔叔看起来更先锋，他送给我几盒风格醒目的音乐卡带，指南针乐队，Beyond，张楚和崔健。这台单放机我一直用到上大学才换掉，绝大部分的时间，它都没有用来听韩梅梅和李雷的中式英语，而是各种数不清的音乐，从摇滚到民谣，从流行歌曲到古典音乐。时过境迁，那些卡带已经和那台单放机一起，不知道被我丢进了哪一个时间的垃圾桶，但是我曾经听过的一首歌，今天想起来，似乎正好可以用作这篇文章的结尾，那就是崔健的《九十年代》：

语言已经不够准确
说不清世界 世界
存在着各种不同感觉
就像这手中的音乐
语言已经不够准确
语言已经不够准确

生活中有各种感觉

生活中有各种感觉

其实心中我早就明白

却只能再等待 等待

一天从梦中彻底醒来

回头诉说这个年代

其实心中我早就明白

其实心中我早就明白

你我同在九十年代

你我同在九十年代

2018.6.9. QIUDANDAN

Interview

访谈

毕赣:

九十年代很短暂，

那是一种更严肃的复杂

*

笛安:

在末世氛围中讨论终极命题

的少女是最美的存在

文 | 沈河西

毕赣：
九十年代很短暂，
那是一种更严肃的复杂

毕赣，导演，1989 年生于贵州凯里，苗族。

导演电影《地球最后的夜晚》（2018，入围第 71 届戛纳国际电影节“一种关注”）、《路边野餐》（2015，第 52 届台湾电影金马奖最佳新导演奖），短片《金刚经》（2012，第 19 届香港 ifva 电影节特别表扬奖）、《老虎》（2010）等。

1998 年 10 月 17 日，星期六的深夜，贵州凯里电影放映公司大楼内，大十字派出所副所长安坤被人用钝器击头、匕首刺穿胸膛不幸遇难。

12 月 1 日，44 天后，这个小城再发命案。当时担任中国银行凯里支行行长的乐贵建和妻子房晓远被枪击、刀捅夺命，乐家 14 岁女儿乐璇以及邻居刘巧云也一同丧命。

这两起命案被称为“凯里两案”。二十年后，这两起命案才告破。案发时，出生成长在凯里的毕赣九岁。1990 年代的凯里，像这样的极端事件尽管不多，但等到年近三十成为青年导演后，毕赣回想起这样的事情，觉得 1990 年代的一个重要特质就是混乱，这种混乱里有命运沉浮，也有光怪陆离。1990 年代太难以捉摸，毕赣说他在创作挖掘个人记忆时，才会去回想正视那个年代。

毕赣生于 1989 年, 冷战终结的年代, 1990 年代贯穿了他的童年。1990 年代的文化符号如港台流行歌、露天 KTV、台球厅、理发厅等都在他的《路边野餐》和《地球最后的夜晚》这两部电影里承担重要的表意功能，小姑爹陈永忠饰演的陈升和黄觉饰演的罗纮武都是他记忆中的中年男人的形象。

下面是毕赣本人对于 1990 年代文化记忆的私人记录，通过这份私人记录，我们或许能更清晰地捕捉 1990 年代的文化经验如何塑造了他独特的影像表达。

我要努力回忆
才能想起五年前的凯里是什么样的

从我有记忆开始，凯里就是一个城乡接合的地方。市区的边缘像一个镇，市区的中心像一个小城市。我生活在城市里面，观众在我的电影里看到的是我外婆家，是在山腰下面的一个自建的房子，我暑假放假会去住一段时间。

从 1990 年代到今天，凯里的变化非常大，大到什么地步呢？你是不知道昨天的凯里是什么样子的。每次别人采访问我这个问题，我就反问记者。一般记者年龄跟我差不多，都是四五线城市的年轻人。我是不知道五年前的凯里是什么样的，我要一直想一直想才能回忆起来。我能回忆起的过去的凯里就是排水系统不好，经常涨洪水。那时我家住在院子里，我的记忆里停留的只是那些元素，比如哪边涨洪水了，哪边着火了，不会对那个建筑有什么印象，因为每一年都在改变，改变的速度是非常令人惊叹的。后来也有媒体问我是不是有什么乡愁，我说我真的没有什么乡愁。昨天的凯里和今天的凯里不一样了，我们的乡愁整个就是一个遗忘的过程。我知道自己在遗忘它。

在我的记忆中，1990 年代的凯里变化已经很快了。作为一个个体，我的记忆坐标就是坐车。我小时候晕车，第一次晕车是坐三轮车，然后记忆一下子就调到了出租车的时代，然后就是高铁，中间的变化一定是很快的。所谓的快也就是十来年，我也快三十岁，我对凯里有记忆应该是从七八岁到现在这二十来年，它的变化是非常快速的。所有我的朋友包括来凯里拍片的剧组的工作人员，来了凯里第一句话就是，原来凯里是这个样子的。他们以为是电影里面有美感、空间错落的样子。那都是电影里面。你要把它们组合起来是很麻烦的事情。也有记者问，《路边野餐》里怎么拍了那么多外景，实际上他们不了解，凯里的变化太快了，《路边野餐》里的外景其实已经很稀少了，我指的是我要的那种外景，而不是拿个摄像机到街上去拍的那种外景。当我拍《地球最后的夜晚》的时候，能找到的外景非常少了。而且又是拍的夜晚，更不好找。

其实，凯里跟一般的四五线城市差不多。我去到别的中国城市，和我走在凯里，没有什么区别。唯一的区别就是空间上的感受，因为凯里高高低低，转来转去的，凯里山太多了，进来出去要修公路、高铁，一路会有一种强烈的空间感。但你一旦到了这个地方，它变成一个城市的时候，你会发现感受没有什么区别。

从麦德氏进入凯里那天开始，我有一点意识到，那是一个外来的新鲜的东西进来了。那时我十岁左右，当时觉得比较新鲜，第一次吃球状的冰激凌，那算是一个记忆点，你能感觉到外来的东西开始进入这个城市里面。很早的时候，凯里和其他地方不太一样的是，它是一个少数民族聚集地，是苗族、侗族的中心，少数民族的氛围在我小时候比较浓，同学大部分都是苗族和侗族，我自己也是苗族，反而汉族比较稀少，班上如果有汉族，就会看看他，哦，汉族。

但慢慢地，少数民族的东西慢慢变得扁平了。如果你有机会来凯里，会看到公交车站有牛角的元素，少数民族的元素会变成那种东西，更景观化，更倾向于旅游接待。

我个人不会觉得凯里是一个相对封闭的社会，我觉得哪里都一样，但我的朋友和家人会传递给我信息，他们透露出凯里就是一个很边缘的地方。如果你有本事的话，应该去北京，去上海。如果谁去了上海工作，那就是一个很了不起的事情。我们家住的单元楼里，有上海、山东来的知青，各种各样地方的人。我小时候玩伴们的父母都在广州等沿海城市打工，他们会觉得那种地方是大城市，我们生活的地方是很边缘的地方。所有的人考大学，都想考出去，觉得是一种荣耀。

但我不太喜欢出去，我出去的原因就是想离家远一点，因为我天天待在家，我会想如果没有人管我，可能会更自在一些，而不是因为它是一个小地方。

我小的时候，父母经常不在身边，我跟着奶奶生活，老人家也很难带你出去旅游。我小时候去过贵阳的动物园，那是我第一次离开凯里。我记得坐的是中巴车，非常晕车，路途遥远。到了那边天昏地暗，所有的记忆都是在吐。所有的动物都像怪兽一样，根本不感兴趣，因为生理上很难受，所以我不太喜欢离开凯里。我有意识的旅游是初中升高中那会儿，跟我舅舅他们去了贵阳的一些旅游景点，也是一路吐过去，全程都在吃晕车药，一直在昏睡，没有什么好印象，所以我对旅游真的一点兴趣都没有。但命运就是这样，后来我的工作得全国各地、全世界到处跑。

1990 年代
是一个非常复杂的年代

1990 年代的时候，我小姑爹在沿海城市闯荡过，也在凯里混过江湖，跟着一些老板做事。1990 年代是一个非常复杂的年代，在沿海地带有各种各样的规则，在我看来也不是一个非常正常的社会。

但我不觉得 1990 年代的机会比现在多，我会觉得是一个复杂的年代。复杂就是各种各样的人都有，是一个不安的年代。这种不安不会让我兴奋，我从长辈那边得知的消息都是，谁谁出去打工，谁谁犯了案子，谁谁被车撞到，等等，都是命运上的各种各样的事情，会让我觉得非常不安。1990 年代看起来机会很多，出去的人很多，但真正致富的人其实很少。这边做生意的人比较多，出去打工致富的人一般就留在深圳这样的地方，不回来了。一个人在那边，家人留在这边，我也不知道他过得幸不幸福。日子过得也不快乐，也不太好，我反而是更同情他们。

1998 年整个中国都在下岗，我对下岗也有记忆，因为我爸也下岗，他之前在建筑公司，我爷爷奶奶是建筑公司的，所以他算是建筑公司子弟。我记得他下岗的时候，没有工作，那个时候只有我阿姨在外面有一份工作。我的记忆就是我爸每天在家，睡到很晚才起床，整天无所事事，就是我电影里的那种中年男人的形象。

我六七岁的时候他就离婚了。他下岗的时候，我倒没有什么特别的想法，我所有的精力都投入到运动上了，打乒乓球，打篮球，每天勤勤恳恳地找一些快乐的事情做。

我妈妈一直是个体户，一直在开理发店。她换了好几个地方，十五岁就开始学习理发，靠着理发能够自己买一幢房子，我挺佩服她的。

讲到理发厅，有很多人会说我的电影里，理发厅、录像厅、台球室这些地方是 1990 年代小镇的空间。我生活的记忆确实是这样的，到了大学，很多同学，经常和他们去玩，有好多露天的卡拉 OK，不会去唱，但觉得很多人都在那里玩，比连锁的卡拉 OK 要好玩一点，这种小镇青年的景观是一直存在的，当然今天的凯里已经很少有了。对我来说，拍电影的时候，为什么老喜欢拍这些东西，不只是因为那是小镇青年的，还有一部分是因为人和人之间沟通方式的区别。初中我们经常去唱卡拉OK，就是一个包间，你不会和别人交流。但如果是露天的，就有很多的情绪和故事在里面。不是自己唱，而是唱给别人听，你会享受人和人之间的状态和情绪。但我生活的那个地方，凯里一下子变得很现代，那些东西迅速就没有了。然后它们活在县城上的各种各样的这类空间，现在县城上也没有了。

《挪威的森林》被女同学扔进了垃圾箱

我小时候听港台的流行歌比较多。如果你看我小姑爹手机上的歌单，大部分都是香港的。对贵州来说，一直到互联网、高铁这些非常现代的东西进来之前，贵州接触流行文化都是港台那些渠道。我小姑爹四五十岁，我现在也快三十岁了，但我们喜欢的音乐很多时候是一样的。

虽然香港的流行文化接触得比较多，但也谈不上对香港这个地方有什么想象。电视上展示的都是一些美梦，悲剧色彩不会那么浓，你会发现香港电视剧里有很多人在一起，很幸福的样子，但我不会对拍摄地本身有什么感觉。我对香港回归的印象就是，因为要庆祝，我奶奶她们都去跳舞去了，会打腰鼓，跳那种欢迎的舞蹈。香港回归对我来说，小时候的记忆是这是一个要接回家的人的感觉，没有其他的感受。

2013 年，我拍了一个叫《金刚经》的短片，去香港参加一个短片影展，我住在皇后大道东的一个酒店，也不会出去看看，也不会兴奋。当时从口岸去香港，对我来说，是一个很麻烦的事情，明明距离这么短。去台湾的话，要贵阳的户口才可以自由行。一直到最近这两年，经常要跑台湾，公司看我不方便，所以会帮我处理这些事情。

初中的时候，我家附近开了一家书店叫西南风，就在我妈理发店的对角。

那时我练硬笔字，一般我会看一下午的书，再买本字帖回去。书店里有很多文学书，都是很笼统的分类，比如茅盾文学奖一堆，经典外国文学一堆。我记忆非常深的是看《白鹿原》，在书店里一直看一直看，前面一两章很色情，那时完全没有把它当作文学来看，而是当奇观在看，就想为什么有人会写那样的书，因为青春期到了吧。我还记得初中的时候，有一天，一个女同学很愤怒地站了起来，把一本书扔进了垃圾桶。我路过的时候，发现那本书叫《挪威的森林》，我就很讨厌这个书名。因为伍佰的歌也叫这个，那个时候我不太喜欢伍佰，我爸很喜欢伍佰，每天唱，就很难听，后来才知道那是村上春树的小说。我还问那个女生怎么了，她说那是一本黄色小说。

我那个时候也不知道莫迪亚诺这些人，所有这些阅读，不是因为我想成为一个作家，都是因为我太无聊了。我不太喜欢去网吧，喜欢打游戏，但我是一个很怕陌生人的人，小时候就更是这样。后来拍电影不得不接触很多人，才锻炼了许多。那个时候，我也没有地方可以去，凯里很流行打麻将。我要不就是跟我养的狗一起玩，要不就是去书店看书。我有一定的阅读习惯，比一般凯里的年轻人看的书多一点，其实就是因为我比他们更无聊。这个阅读习惯保持下来了，但我是到了大学才开始系统地读，还是因为无聊。大学里都是北方人，也不熟，只能一个人去看看片子，看看书，谈谈恋爱，没有别的娱乐方式。

我也不太去新华书店，因为那里卖的字帖是那种最经典的。过了几年，大概是我高中的时候，新华书店也倒闭了，没有人去了，凯里没有看书的地方了。

同学给了我一本叫《书城》的杂志，我奶奶帮我订了，但我到了大学才知道这本杂志对小时候的我来说有多么艰涩，不是一个凯里的初中生可以阅读的刊物。我奶奶也会给我订《读者》，但我觉得太幼稚了，看了半年就不看了，那些故事都是有套路的，我觉得是写给小孩看的，还是想看大人读的东西。

我记得小时候有一个礼堂，专门放电影，从小就会和父母一起去那里看电影，还记得礼堂旁边有一家烧烤。后来我父母离婚后，就和我爸单独去看，好多都是周星驰的电影。有一天看到《泰坦尼克号》上映，我和我爸走在电影院门口，外面挂着海报，我就跟我爸说，电影院怎么变得这样了，就走了。那是 1998 年吧，那个时候全国的电影院都开始没落了。除了偷偷摸摸放点软色情的那种影院，也就一家影院。现在这种色情影院没有了，以前来凯里打工的人会去这些地方，待上一个晚上，看的大都是港片。

我印象中，从《泰坦尼克号》开始，就没有人去看电影了。但我当时不会去想为什么没有人去电影院了，那时我觉得这些不重要，因为生活里有太多重要的事情。对我和我的朋友来说，面对的生活上的事情很多，根本没有心思去想伟人多么伟大，我要想的是我爸在哪儿，我妈在哪儿，小孩哪管那么多，哪怕奥特曼来都不愿意。在我记忆中，亲戚朋友家里也已经不挂革命人物的像了，已经不是那个年代了，顶多在柜子里会有徽章，老一辈的人的记忆和物件，已经放进柜子里了。

1990年代很短暂，一下子就度过了它

1998年的那两件命案比较特别，从小就被念叨。不知道什么原因，案子永远破不了。对我来说，那两件案子等同于永远。前两年，案子终于破了的时候，我身边所有朋友都非常震惊，说明对这个案子印象非常深刻。

那个年代这样的案子很多，当然没有这么血腥。当时治安不是很好，小偷小摸抢劫很多，所以1990年代是很混乱的年代。我小时候和奶奶一起住在老干房，邻居都是老人家，家里和邻居家都进过好几次小偷。现在没有了，因为防盗措施好了，小区也更健全了。那个时候，隔三岔五，我奶奶就会请派出所的人来家里吃饭，希望他们多来这条街看看，警察也愿意和老人一起吃饭。我还记得住我家隔壁单元的一个人，一天喝酒喝多了，就跳楼了，头着地就去世了，那时他老婆刚怀孕。后来我看到那个小孩已经长大了，像这样的事情就会让人有一种比较强烈的命运感。

我的电影里会有一些混帮派的人，像《地球最后的夜晚》里我小姑爹演的那个左宏元。其实学校里也会有一些帮派，但都是小打小闹。我们班上有一个班霸，所谓的班霸就是打架最厉害，社会上有哥哥罩着，我们两个人是父母离异的，所以他非常照顾我。我们俩其实是两种人，我学习成绩好。记得上学的时候，因为改建拆迁，只有一条路，他就会和几个人守在桥那边，调戏女孩子，

不让老实的人过去。但他们会让我过去，因为是朋友。他也会告诉我他的故事，讲他有一次出去跟别人打架，最后一刻才上了公交车，刀就从他背上划过去，整个故事我到现在还记得。我就会为他担忧，告诉他不要再搞这个了，他就说："没关系，命运就是这个样子的。"

但我也不觉得他们酷，只觉得挺无聊的。这些人后来其实都变成了非常平凡、脾气很好也很有礼貌的人。我们有一个小学的微信群，我经常看他们聊天，看他们晒娃，大家约着买手机，还挺快乐的。

因为三线建设，凯里也有很多以前五湖四海过来的人，一直留在这边。我记得北方来的人就很怕冷，也有的外地人不能吃辣椒。但我也不会刻意想去了解这些人背后的故事，我这个人养成的最大习惯就是关我屁事。比起他们的历史，我更关心的是别的。他一个人坐那里晒太阳的时候，我就很想过去跟他聊天，我会问他你想不想打麻将啊这样。但我不太会问他为什么会来这里，别人的过去对我来说太肤浅了。我也不知道为什么，我看到这些外地邻居坐在那边，没有人跟他们聊天，就会在旁边和他们一起坐着。我也不太会聊天，他就觉得你很乖，就会慢慢跟你讲，讲各种各样好玩的事情，比如会跟你讲如果他不在这，就会在一个大城市，会更有出息，会跟我说，我也得去啊，或者女儿寄了一个什么东西给他，就这些事情。

我记忆中，像过年过节的时候，亲戚们也不太聊天，大部分时候大家都在打麻将，这两年稍微好一点，因为不太让赌博。但我记得小时候，大家所有的精力都在游戏上、麻将上，或晒太阳。小孩就去租碟来看，交流也比较少，也不会围在一起聊天，这样的机会非常少。

回想起来，我觉得 1990 年代是一个很短暂的年代，我好像一下子就度过了它，可能因为我成长在它的末端。对我来说，1990 年代很有吸引力，是在我作为创作者时，才会想去回忆它，因为那个年代里有太多命运上的光怪陆离的东西。创作之前，我不愿意多去看它，因为 1990 年代太难以捕捉了。1990 年代很混乱，也有很多地方很前卫。这种前卫是因为那还是一个过渡的年代，很多东西还没有建立好，因为运气，得到了所谓的未来的一些信息，更超前更开放的态度。一旦建立稳定以后，这些东西很快就没有了。1990 年代的压迫感更大。今天当然也很混乱，但今天的混乱是跟生活有距离的。以前，那些死亡和命运上的变化，你是在生活中面对它，而不是在网络上面对它。今天你可以在网络上迅速对这些生生死死的事情发表观点，但网络上更多时候是一些游戏者、玩家，把它当成一个游戏，在游戏里评价它和在生活里评价它，那是两码事。可能 1990 年代的混乱是一种更严肃的混乱吧。

文 | 箱子

笛安：
在末世氛围中讨论终极命题
的少女是最美的存在

笛安，作家，1983 年生于山西太原。父母为作家李锐、蒋韵。
著有长篇小说《告别天堂》《芙蓉如面柳如眉》《南方有令秧》《景恒街》，“龙城三部曲”《西决》《东霓》《南音》；中短篇小说集《怀念小龙女》《妩媚航班》；曾主编《文艺风赏》杂志。

“人，是脆弱的造物。心灵也好身体也好，都是由脆弱的东西构成的。所以，必须互相进行补完。因为如果不这样做，就无法生存下去。”

人类智慧已经进化到了无法突破的死角，要想向更高的领域进化，就必须拆除人与人之间的屏障，使不同的心灵世界能够相互补充，才能走向进化的终点——成为永生的神。于是，“人类补完计划”应运而生。不知情的少年们，驾驶着使用亚当和莉莉丝制造出来的EVA，与不断来袭的使徒作战……

这是《新世纪福音战士》对21世纪的恢宏想象。一个世纪行将结束的末日焦虑，人与人最终无法理解的绝对孤独，试图窥探神的秘密以图自救的宏大野心……如此“1990年代”，却又无比当代。这部1990年代的日漫神作，播下了少女笛安日后成为一个正式受洗基督徒的种子，也奠定了她的审美基调——“在末世氛围中探讨终极命题的少男少女们是最美的存在”。

动画片播出时，笛安正在读高中，在文科班享受着快乐自由没人管的两年：在学校门口的租书摊租到了海量的少女漫，“不知为何，就是觉得那个世界漂亮”；喜欢《霸王别姬》，也在附近的录像厅看过电影，虽然并没有发生《告别天堂》中那种值得回忆的故事；认真追过的歌手是张惠妹，喜欢《听海》，觉得她的歌能表达自己的心声；独自逛书店发现了村上春树的《奇鸟行状录》与吉本芭娜娜的《厨房》，“哎呀还有人这样写小说”；是海子的死忠粉，最喜欢《亚洲铜》，迷恋着他那种非东方的浪漫主义；买了一套罗念生先生翻译的《古希腊悲剧集》，对古朴生命力与原始悲剧感产生了天然亲近，由此在之后的阅读中开始本能地拒斥纯知识分子的趣味。

少女笛安喜欢的作家有张爱玲、鲁迅、白先勇、福克纳、村上春树、大江健三郎、三岛由纪夫、萨特、莎士比亚、陀思妥耶夫斯基、纳博科夫……而且"好像还没有什么那时候喜欢的作家，到现在不喜欢了的"。这或许会让熟悉的读者想起自从十七岁时读过《喧哗与骚动》就"想要做每个我喜欢的男人的凯蒂姐姐"的陈嫣，想起江薏给东霓读的《理查三世》里那段"自己报复自己吗？我爱我自己。有什么可爱的？为了我自己曾经做过什么好事吗？呵，没有……"想起《告别天堂》里的天杨说，她最喜欢海子的两句诗："公元前我们太小，公元后我们又太老，没有谁能够见到，那一次真正的微笑。"但毕竟角色不是作者本人，江薏可以怀念王菲的老歌，"老天爷，1990 年代的那些歌都多么好听呀。我真恨 2000 年以后这个世界上发生的所有事"，于笛安本人而言，"虽然我小说里写过，但我个人并不是特别喜欢王菲"。

李敬泽曾说："80 年代有很多人认领，90 年代好像变成了无人认领的年代。无人认领一定程度上是因为 90 年代远未终结。"大规模的基础建设、与国际接轨的强烈渴望、流行文化的空前繁荣、社会阶层的剧烈震荡，就像青春期野蛮生长的骨骼，夜深时免不了会有生长痛。因此，由当时正值青春期的 80 后来构建 1990 年代的叙事，其实也并不可疑。

1983 年出生的笛安，在 1990 年代度过了有记忆以来的童年与创作之前的少女时代，而 1990 年代或青春期的收束，大概要推迟到 2001 年的高考结束:“我和我闺蜜考得都不算好，两个人在互相比惨，然后电视新闻说，北京申奥成功了。那时候是真的高兴，我记得我闺蜜说，无论怎么样，总算有一件高兴的事了。”

笛安的小说里，那些浓墨重彩的个人命运背后，隐约可闻的是穿越了一个世纪的风声:“我们七拐八绕地来到了那个录像厅曾经的地方，那儿已经变成了一家小饭馆。”“郑鸿老师跟女学生谈恋爱，从此名声就完蛋了。”“以这座城市为中心，周边区域没有成年的孩子患血液疾病的概率远远高出平均水平。”“给导师干活儿哪儿有什么寒暑假呀。”“下一次一定要找一个忠厚老实的男人过日子——你是说找一个容易上当受骗的男人结婚，我翻译得对不对？”“实话告诉你，今年年初开始股市的大盘就不好。”“哥哥的车猛烈地倒退了一点，又对准了地上的陈医生开过去。”……数字影像、师生恋、水污染与血液病、导师压榨学生、“老实人”、股市低迷、医患矛盾，这些超速发展中的擦伤与阵痛，在 21 世纪第二个十年的末尾俨然已经成为显学，仿佛时代蓄意刺写了二三十年的隐喻长卷，终于在今天图穷匕见。

而伙同东霓偷奶奶玉镯子炒股发家致富的三叔的故事，在最宽泛的意义上，也可以看作关景恒从过气艺人变身创业新贵而后功败垂成故事的前传。笛安说，1990 年代的父辈与同龄人，是真的相信奋斗可以改变命运，相信明天会更好的。哪怕是大规模的下岗，落到个人身上，也会化作“下岗工人的孩子，没有选择，只能拼命读书，长大了就做你的老板”或者“你要是不努力，长大了活该去给人家打工”。但近年来，笛安和读者聊天却发现，今天的年轻人早已不相信奋斗改变命运了：“很多孩子才十几岁，已经认为自己的人生以后估计就是什么样的了。可能因为房子变得太贵吧，让人在面对现实的时候感觉很尴尬。”

“我很感激我在童年和青春期经历过 1990 年代，内地文学、香港影视、台湾音乐、日本动漫、那时的好莱坞，总体而言都是非常蓬勃灿烂的。今天给创作者的大环境显然没有当初友好，我自己倒还好，可是我知道有人在替我操这个心。”

对于“在初冬的黄昏独自玩耍”的孩子而言，或许时代飞驰而过的轰鸣都不过是“装卸钢筋的背景音”。亲历者无不懵懵懂懂，直到回头看去，才知道自己曾生逢一个“大时代”。我们今天回头看向 1990 年代，也并不是为了获得某种恍然大悟般的后见之明，而是要像《东霓》里江薏报道中的震后普通人心理重建那样、像“每一位作家创造自己的先驱”般，重建自己的经验与记忆，并试图追溯正在发生的一切所从何来。

下文整理自笛安的口述。

太原挺祥和的，不是一个戾气重的地方，我小时候不知道这很珍贵

关于太原，我一直有一个顽固的印象，就是童年时代的太原是一个人非常稀少的地方，当然这个印象肯定是错的。但我脑海里就是有一个画面，人很少，周遭灰蒙蒙的，只有七八岁的我，在初冬的下午一个人玩，只有我自己，偶尔有一两个与我无关的路人，昏黄的光线里，耳边好像传来了一种装卸钢筋的声音，是背景音，那是关于童年的非常根深蒂固的画面。虽然我知道这个画面不太可能是真的，因为1990年代我们那里大概没有大幅建设，大幅建设是2000年以后，煤炭价格涨上来之后的事了。但直到2017年，我到了底特律。底特律的郊区人很少，黄昏时分，这个破产过正在复苏的工业城市有种荒凉的感觉……那时候我内心非常激动：对啊对啊，我记忆里的童年是这样的！就是这个！这对我来说是很重要的一个回忆。

其实是长大以后，我才感觉出来太原的好。我们那里不大，一个工业城市，其实是最近五年才有了很大的变化，修了很多路，之前还一直保留着很多我童年记忆中的格局。我已经很多年没回去过了，不怎么知道现在的情况，印象里，我们太原总体而言挺祥和的，不是一个戾气重的地方。我小时候不知道这很珍贵。

归根结底，我觉得城市精神首先是一种个体精神，每个个体的努力都在于

想获得一种不被打扰的生活。这个过程在国内也许缓慢，但其实是在进行的。至于伴随而来的孤独的问题，我觉得比起解决一堆人要围观你是怎么活着的问题，还是容易多了。

1990 年代，我的同龄人和父辈，还是相信奋斗能改变一些命运的

小时候接受的很多教育，都在告诉我们努力学习的孩子长大以后才能离开家，去外面看世界。不知道别的地方是不是这样，反正我那时候，从小学到高中，老师们都是这么跟我们说的:“想去一个更好的地方生活吗？那就认真听课！”——这是我少年时代的常态。所谓“更好的地方”就是大城市，更加繁华与更发达的地方。

而且很小的时候，我爸爸就在给我灌输一个观念：一定要出国去看看，世界很大的。大概是因为他正好在 1980 年代的时候，有机会去看看美国和苏联，我想那时候爸爸其实也是个年轻人，见过了截然不同的世界，对他也是有冲击的。这点上他真的给我特别大的影响，他坚信一个人必须奋斗。你说我为什么会有个做美国梦的爸爸？他倒不是说非要做人上人，而是说相信奋斗就能摆脱自己最初的处境。我想这必然是改革开放带来的，我爸真的是因为改革开放改变了

处境。像我妈也是这样，1970 年代的时候，她在工厂里干了好多年的活，恢复高考以后就考了大学，从此开始写作，后来就留校，确实改变了很多事。所以我妈其实也是相信这个的。我觉得这是 1990 年代特别重要的一个基底，那时候好像人们是相信奋斗可以或多或少改变我们的处境的，或者说通过努力可以有更好的生活，以及明天是会越来越好的。这是 1990 年代给我的一个深刻的记忆。

1990 年代中后期，有一轮下岗。太原可能跟东北还不太一样，不算是受波及特别严重的地方。这件事对我和同学的影响也不是很大，因为太原最大的工业区是钢铁厂，他们那里是个自成一体的小社会。我从小长大的街区多半是医院、邮电局，还有煤管局这几个地方的孩子，我读的小学里多半同学也是来自这几个地方。下岗开始的时候，我大概十四五岁吧，还不太理解那是怎么回事。我听大人们聊天，说那就是失业。比如说很多这样的事情，一家三代人都在一个工厂上班，然后这个工厂突然就破产了，这种事听起来是很恐怖的。我当时就在想，那要怎么办呢？不过当时我还是有种极为天真的想法，就是觉得这样家庭里的孩子，咬咬牙去上大学，然后情况就会慢慢好转。1990 年代，我和我周围的不少同龄人，还是相信奋斗能改变一些命运的。然而我当时没想过，生活丧失保障的孩子想要好好读书有多难。

我爸在聊这些的时候还不忘跟我说："你看吧，人家这些下岗工人的孩子，没有选择，只能拼命读书，你要是不努力，长大了活该去给人家打工，人家就是会过得比你好，长大了就做你的老板，谁叫你从小只会享乐。"噩梦般的，我那时候真的相信，我长大了说不定是个很没出息的人，因为我不懂得努力，我在家里太受宠。其实直到今天我也相信，如果我某天过得穷或者不好，肯定是我不努力，当然这句话只对我自己成立。

今天的年轻人好像大多数已经不再相信奋斗的意义了。我这些年跟读者聊天就是这样的感觉，很多孩子才十几岁，已经认为自己的人生以后估计就是什么样的了。可能因为房子变得太贵了吧，让人在面对现实的时候感觉很尴尬。1990 年代的时候，我根本不知道房子是要买的，乌托邦少女太不像话了。

《大时代》动摇过我的善恶观，张惠妹的歌能表达我

除了下岗，像洪水、三峡这些事件，我都没什么印象了，觉得那些都是新闻。

有一件事我有记忆，2001 年，高考之后，我和我闺蜜考得都不算好，两个人在互相比惨，然后电视新闻说，北京申奥成功了。那时候是真的高兴，我记得我闺蜜说，无论怎么样，总算有一件高兴的事了。虽然我们自己还是那么丧，但那种高兴是一种很朴素的感情。因为我知道，在当时的世界格局里，中国那时候不够发达，中国来的人基本上等同于乡下人，看到申奥成功，就觉得好像慢慢慢慢地，我们这个国家也要进城了，是好事儿。

香港回归本来也是件欢乐的事，但我们马上要期末考试，我就不怎么欢乐了。我当时在上初二，物理学得一塌糊涂，永远数不清定滑轮还是动滑轮上到底有几根线，那种绝望淹没一切。但我应该是受香港影视和音乐影响蛮大的。首先想起来的是两个港剧，《大时代》和《我和春天有个约会》，那是我小学到初中那几年特别迷的剧，我到现在都觉得再也没有那么好看的电视剧了。

《大时代》的双男主是刘青云和郑少秋，导演是韦家辉，可能年轻人不太理解这个卡司的意义。真的很好看，我之前也看过别的港剧，但《大时代》是心中永远的第一名。讲的是炒股的故事，男主角最终的结论是，要想打败一个运气一直特别好的人，唯一的办法就是运气比他还好。这很酷对不对？里面有句台词我到现在都记得，他说，世界很残酷的，你对一个人好，有时候就是对另一个人坏。

我记得当时播的时候是寒假还是暑假，我们班同学都看，开学了大家都会讨论。当时我们几个小朋友认真讨论过一件事，刘青云演的那个好人，到最后有没有变坏。有人认为有，有人认为没有，这算是激发了小朋友们的深刻讨论吧。我当时觉得有，现在觉得也没有，他只是没有那么单纯了。那是我童年时第一次，看一个剧的时候不讨厌里面的坏人，它动摇过一个儿童的善恶观。我那个时候觉得，这里面的好人好像也有问题，坏人当然是坏的，可是如果那几个好人能退一步想想，似乎事情也不会真的糟糕到没法挽回。长大了再看，郑少秋演的那个坏人其实并不是多恶，但是是个傻逼。

然后是《我和春天有个约会》，是初中的时候看的，把女孩子之间的友谊讲得很美好。在我眼里，女孩子之间的友情就是那样的，不是宫斗宅斗抢男人，当时觉得这几个姑娘太棒了，一生的好友，上班唱歌下班打麻将，多开心！至于爱情，我就不太记得了。

我看过《我爱我家》，也是喜欢的，模糊地能感受到香港跟内地的剧是两个系统，也没觉得好或者不好，主要觉得口音很不一样。开始喜欢看电影是 2000 年以后的事情了，印象不太深刻。录像厅也去过，但并不是说在那里有美好回忆那种，小说里都是编的。

歌手的话，喜欢张国荣，《霸王别姬》也喜欢的。然后张惠妹、许美静，算是我认真追过的歌手，那时候追星就是买磁带。现在想想，喜欢的原因很简单，我觉得张惠妹那个时候的歌能表达我，像《听海》《空中的梦想家》，还有那首给张雨生的《听你听我》，还有《Bad Boy》。当时还真不怎么听内地歌手的作品，虽然我小说里写过，但我个人并不是特别喜欢王菲。

EVA 奠定了我的审美基调，
末世氛围中探讨终极命题的少男少女是最美的存在

总体而言，中学时代还是有很多美好回忆的，除了数学和物理吧，别的课还好。印象最深的应该是高中，在文科班度过了没人管的美好的两年。我们学校负责提高升学率的都是理科班，我们文科班就是那种反正没什么出息的，就在学校的变相放任下过着幸福的生活。我不喜欢听课的时候就随便看书，那时候看了海量的日漫。不知道为什么，我就是觉得那个世界漂亮。直到今天我都这么觉得，去看完一个动画大电影，出来之后就觉得满眼的人类都长得好难看。

那时候看的漫画主要是少女漫，第一本入坑的是斋藤千穗的《芭蕾娃娃》，在学校门口租漫画的店里租的，也不会传阅，都是私藏，不能让老师看到。后来还看了像《东京巴比伦》《绝爱 1989》《X 战记》《清水玲子》《新世纪福音战士》……日漫在 1990 年代的那个黄金期我算是见证过，后来才知道我喜欢的漫画家也都是来头不小的。大学时代，听文青们聊大卫·林奇，就去看《穆赫兰道》，说实话觉得也没什么新鲜的，我在大友克洋那里见过类似的表达。

EVA（《新世纪福音战士》）应该参与构建过我的世界观吧，有奠基石一样的作用。我觉得后来我成为一个正式受洗的基督徒，这颗种子也许都是 EVA 种下的。也不是说直接意识到了上帝的存在，至少是开始试着假设一个有神存在

的世界吧。其实动画片的二十六集里，一直没有说一件事：是谁派使徒来的？可能后来考据党们有自己的说法，但是作品里真的没有说，使徒就是一个永远要面对的存在，没解释过从哪里来的。我记得，十六岁的我，看着看着就知道了，使徒是上帝派来的，然后就豁然开朗，感觉一下子理解了很多事。在南极考察的时候，人类拿走了亚当，于是引起了第二次冲击。不知为何，我好像突然就明白了，那是神给人的一种，不能说惩罚吧，但是是某种代价。过分好奇，擅自探求，拿走亚当，企图洞悉神的事情。人类补完计划，多美的设定，在文艺作品里真的很少见了。

EVA 讲了很多补完的艰难尝试，但不知道结局如何，也不知人是否能得到补完，得到救赎。我看的老版本是开放结局的，真嗣说，也许我能试着喜欢自己，大家突然集体鼓掌说“恭喜”。也许它奠定了我一个审美基调，在末世氛围中探讨终极命题的少男少女们是最美的存在。只是我也活到了葛城美里的年纪，可是我没有加持先生。然后另一个影响就是，如果想成为创作者，先看看大神的作品到了什么程度了。看看 1990 年代的日漫，再看看现在的，新海诚都能当大师，我对新海诚本人没有意见但……

还有一件事我特别相信，如果有一天小说消亡了，游戏会承载人类对于文学性的需求。我相信游戏是一个表达文学性的载体，最终会是文学的重要媒介，因为游戏其实比电影自由，故事的本质是隐喻，我觉得隐喻是文学的源头，游戏是有能力承载隐喻功能的，是不是故事反而不那么重要……我其实不是游戏玩家，但我被邀请去一起开过游戏的世界观策划会，我觉得比电影策划会有意思多了。

少女时代的阅读，
使得我在之后的阅读中不太能接受纯知识分子的趣味

我现在发现，十几岁的时候阅读品位其实还不低。那时候喜欢的作家，张爱玲、鲁迅、福克纳、村上春树、大江健三郎、三岛由纪夫、萨特、莎士比亚、陀思妥耶夫斯基，还有纳博科夫、白先勇……都是二十来岁以前热爱过的。好像还没有什么那时候喜欢的作家，到现在不喜欢了的。

我 1998 年就看过村上春树和吉本芭娜娜了，真是美好的自由。当时看村上春树，没听过任何人的介绍，就是在书店里看到一本《奇鸟行状录》，觉得没见过这样的小说，就买了；吉本芭娜娜的《厨房》也是这样，没听过任何人的推荐，就觉得哎呀还有人这样写小说；还自己买过《他们眼望上苍》，高一的时候，至今都觉得这个黑人女作家在中国被严重低估了。

我是在十二岁的时候看的张爱玲，当时她去世没多久，1995 年，我听大人们聊天说张爱玲死了，我就问大家她是谁，就这样打开了她的第一本书，看的第一本就是《第一炉香》，我当时其实还是个儿童，其实不大能理解她的，似懂

非懂，但是不知为何，那个故事里有种东西在吸引我反复看。后来十六岁左右再看，明白了她有多厉害，那时候觉得《金锁记》写得好棒啊，能这样地表达出一个人的复杂。少女时代看《倾城之恋》，感觉那是一个讲一对心机男女被战争撮合到一起的故事。可是三十岁以后，某一天再去看《倾城之恋》，就知道那是爱情。白流苏和范柳原之间的，是爱情啊。在他们初相遇，在流苏去香港的时候，就已经是爱情了。他们各自都有惧怕，但是范柳原依然会在夜里打电话，问她窗子里能不能看见月亮。真的需要长大了才能明白，可是张爱玲写这个的时候还不到二十五岁，所以这就是天才吧。

当时流行的中国作家，我看过余华和史铁生。我喜欢余华的《现实一种》，原因是，其实那个小说挺二次元的，就是也许不那么符合现实逻辑，可是放在那个文本里它是成立的。铁生叔叔跟爸爸是朋友，我读的第一篇他的作品是《我的遥远的清平湾》。但我对“文坛”没什么概念，那时候我爸都是单独去看铁生叔叔，只有他们俩，可是他们说啥，我真的不太记得了。我能记得的都是，作家们聚在一起也是要八卦别人的。小时候，我一直住在外婆家，爸妈每天回来吃晚饭而已，我其实一直觉得我家就是很普通的家庭，直到长大以后，才有很多人一定要我相信这个家一点都不普通。

至于诗人，我那时候是海子的死忠粉，他那种浪漫主义比较吸引我。最喜欢他的《亚洲铜》，他的审美体系不是东方的，比较类似于蛮族们的希腊化时期，“目睹众神死亡的草原”就是希腊神话的感觉，众神是希腊的东西，后面的宗教变成一神教了。总之就是天才，不世出的那种。

1999 年寒假的时候，我自己买了一套罗念生先生翻译的《古希腊悲剧集》，至今在我家放着，给了我特别重要的影响。那种精神气质，就是原始的，或者说是某种古朴的无助，那些带着古朴生命力与原始悲剧感的东西，我会觉得是和我有关的，有一种本能的亲近。这让我在之后的阅读中不太能接受那种纯知识分子的趣味，比如乔伊斯，比如卡尔维诺，比如米兰 · 昆德拉，总感觉缺乏一些生命力，不是说不好，而是我看的时候只能在理智层面上认为它写得挺厉害，但是情感上亲近不起来。这算是审美取向里比较重要的一部分吧，当然我的审美里一向也有别的东西。这种倾向可能是与生俱来的，我不知道我看的东西与我的人格之间是一种怎么样的相互塑造的关系，对我来说那就是一个自然而然的倾向和选择。我妈说我是悲观主义者，其实不太准确，我一直觉得我总体而言，是一个算得上现实的人，现实与悲观是两回事。

今天与 1990 年代的继承关系我不好说，可是我很感激我在童年和青春期经历过 1990 年代，内地文学、香港影视、台湾音乐、日本动漫、好莱坞……总体而言，都是非常蓬勃灿烂的，有很多好作品。

Column

新文人

恋物癖与纳骨堂

1

很多朋友彻底离开这座城市的前一夜，会在我这里借宿。

他们退掉房子，寄走行李，带着轻便的家当，凑合着睡个不安稳的觉，第二天搭车逃亡。或者不一定是逃亡，也可能是飞升。只不过哪怕是飞升，也都拖拽着疲惫与不甘。这并不是因为这座城市有多么的好，值得我们耗损一生，而是每一次这样的迁徙，都逼迫当事人再一次去直面生活的真相——“临时”。我和周围人的物种属性，就是被无数没有树根的“临时”搭建起来的。丢失了回去的场所，也没有坚固的当下，随时可以如壁虎断尾一般，拎包逃亡。

在所有的借宿者中，小松是最极端的那一个。因为他的行李，就只有一只收纳睡袋。到了目的地，得先借朋友家过渡，新工作启动前，有两周时间找房子。惯性般的迁移或许已经让他忘记了恐惧，但柔软的惆怅仍然喘着气。半夜包着睡袋躺在地板上，该说的话都说尽了，他望着天花板突然冒出来一句：“这种时候，免不了觉得自己好像也不是举目无亲啊。”

我俩是买二手唱片和旧相机认识的。虽然冲扫胶片也能完全交给专业店铺代劳，但一有特别珍视的片子，我都会跑去借他搭在家里的简易暗房用。放彩色负片时，连能发出红光的钠灯都得关掉，黑暗会被提纯。加上设备简陋、没有恒温盘，整个显影时间不得不延长数倍，等待也随之变得更为滞重。我们只能在无法看到彼此的空气中，听歌、聊天、发呆。

有那么一次吧，我一如往常，手里拿着计时器、站在电灯开关旁等显影的时候，突然鬼使神差地伸出舌头，蹲了下来。我把自己想象成一条狗，在没有人看到的三角形角落里，任由黑暗盖在身上。日常突然裂开了，那成了我在日复一日、没有尽头的循环里，少有的那么一些愉悦时刻。那天听到小松躺在睡袋里的剖白后，我带着撞上亲近之人的脆弱时，总会随之而来的尴尬，教他："反正我看不见。你试着把舌头伸出来，想象自己是一条狗，能瞬间特别开心。"不知道他照做了没。

小松的工作是按项目结算的，在社会身份上比大部分人自由，不知道这是不是为他培植了更多潇洒。离开前点检收藏，他低价卖了两只机器给我，别的几乎都打包给了一位熟悉的二手商。至于唱片和书，也送的送、卖的卖，全部处理干净了。这本身很正常，大学时，我也年年都在毕业生跳蚤市场"捡破烂"，也从学长那里像接受衣钵传承一般拿到过稀有好碟。不过，小松让我惊讶的地方在于，他没一点儿舍不得，甚至完全没有考虑过把它们先寄回老家存着，等安顿了再接回来。他利落得好像曾经那些恋物的快感都成了佯装。"你也少买点儿，又不是自己家，早晚得扔，"帮忙清洗那两只相机的时候，他还劝我，"其实该陪咱们的时候陪过就行了，也不是非得一直霸占着，走哪儿拎哪儿。"

我明白他的意思。我们得心狠手辣，有个浪荡者的样子，一边无法自拔于最贪婪的恋物癖，一边又能毫不拖沓地舍弃任何东西。

小松的睡袋，就是我们的"南比克瓦拉篮子"。我们是永远不会被任何地标招安的都市游牧民。

2

往昔的游牧民在迁徙时，至少成群结队。但在都市里，则只能孤绝地目送彼此踏上下一段临时，连再次交汇于某处的奢望都要杀死。

小松的走，让我想起刚来这里的那天。在飞机上，我突然意识到，自己身上一把钥匙都没有。不仅房子退掉了，就连当时在学校用过的自行车也在前一晚卖了出去。我没有可归之处，亦无所有之物，正在一个永恒的平流层里凝固。钥匙的缺失，在那个当下，让自己的异乡客身份具象化了。

可当飞机降落在停机坪，刚伴随着一阵心悸把上一个“家园”从身体里撕拽出去，还没矫情地好好回味这种凄冷，就得随手将它揉成一团扔掉，连一滴眼泪都没来得及流，就得连滚带爬把自己塞进新生活里。

离开电影课的教室，真正踏上现实的那个时候，我才终于理解了贾樟柯《世界》里的主角。我正和他们一样，在一个微缩的景观中，于“日本”与“印度”间瞬移。原本，一种现实从碰触皮肤到进入意识，需要很久。但这种空间距离的极度压缩，让人狼狈不堪地被抛入新空间。精神与身体之间的裂缝就像三月初的海雾，让刚刚过去的一切都如对岸一般，看起来更美，却也更远。正从脚下铺展而开的战场，根本不值得创造任何可能的归属感，唯有顶着一副血淋淋的牺牲表情，张牙舞爪着摇摇欲坠。

这种时候，居室的幻境就会成为私人的整个世界，恋物会变成一种必然而惊悚的结果。

现在这间房子里的书架是我从网上花很少的钱买来的三合板组装款。哪怕叮叮哐哐地装起来，它仍然一副随时可以被当成废料搅碎、黏合、重新制形的样子。一把火烧了也没关系，就像烧一把自己的好年华。没多久它就被填满了，在填充这些格子的过程中，焦虑会伴随满足而生，占有的快感与缺失的危机同时涌现。我在不同的房子里，用掉过好几个这样的书架，挑选起来已经驾轻就熟，还有同样便宜的餐具，搭地铁半小时就能从宜家拎回来。后来我发现，几乎每个朋友家都有一套那样的灰蓝色杯、碗、碟。真感谢工业的过剩带来的琳琅商品，让今天可以花很少的代价，就买到这种均质的便利。它有时佯装成独特，但终究廉价又快速，离开的时候扔起来，一点都不会心疼。

其实我知道，大家心底里也会感谢这种正对自己施虐的“均质”和“临时”，它们能反向激起某种只属于这个时代的安全感。第二天，几个朋友一起送小松去机场时会笑谈，没什么好担心的，因为不管换多少城市，我们的活法都不会有什么区别。会和现在一样，对所有的街道都叫不出名字，但打开导航系统就能变得像个城市主人那样横冲直撞。估计早上起来还会听同一首歌，叫同一种外卖，用同一款餐具，转发同一场演出信息，过那种公司、家、livehouse 三点一线的生活。只要有“城市”这种东西守护着，我们就能在一个陌生的地方迅速成长为所向披靡的老手。

在日本念书时，我还经常去没什么游客的沿海小镇短期旅行。晚上从小旅馆跑出去看海，偏远小镇的海岸线，用淡淡的银色海浪拍打着弥散的漆黑。只有便利店、自动贩卖机和美式快餐店割开夜晚亮着灯，它们二十四小时都亮着，仿佛都市从远处投来的温柔瞩目。在空阔天地对自己的残酷拷问中，那熟悉的全球化的腐臭味道，那千篇一律又烂俗的现代配色，恰恰变成了一种护身符。在一切自认为剥削的都市景观都退潮之后，空无一物的自我，才更是触目惊心。

我们其实，早已没有配得起大海的心脏了。

3

都市游牧民用漂泊浇筑而成的自由，就是这样一种赝品般的自由。

听说动物会在山林里开辟兽道，并非毫无规律地横冲直撞。生物的属性里，有很强烈的一部分本能，就是把肢体放入轨道。

末班车就是我的兽道。末班车也是一座城市最后的温柔，廉价、虚伪，但实用。我苟延残喘，即使指认出这种剥削，也无法放弃。毋宁说，恰是在这种轨道运动中，我一次又一次确认着至少作为沙丁鱼而存在的可能。以动物的快乐，享受着属于动物的恶心的小饵，在深夜亮着人造灯的高架桥下，摇动幻想的尾鳍。

更为超现实的地方在于，连在这种身体被无限挤压的时刻，我也能驾轻就熟地换上水油分离式的旁观视角。我可以站在高空看向自己，看向这个在绚烂废墟中挪动着的生物，以一种生存游戏的实验心态，挑逗着对方的忍耐力。城市的风景撞击而来，有时候它和耳机中的声音交融重铸，从地面那具身体中穿过。这甚至已经不让人痛苦或恐惧，相反还充满快感，倾斜的街道像海浪一样翻卷而来，我们在窒息中确认着自己的呼吸。

表面上与城市剑拔弩张，实际上尽是谄媚讨好的我们，也会有一些瞬间，可以像拥有一张唱片那样轻易就拥有整座城市。但那并不会发生在一个幻想中只属于自己的时刻。并不会发生在一场激烈的演出后，独属于自己的散步中，夜晚的街道这么宽这么安静，唯独不会给一个落单的浪荡者留下位置。那种拥有的感觉，恰恰只会发生在自己身处人群之时。在周围的敌意中被压榨到血肉模糊的亡命之徒们，短暂、仓促又热烈地击掌，在被迫不断向内的生活中，在极端个人主义的缝隙中，还不忘为彼此搭一个临时的破床，哪怕下一秒就被冲散在城市的光河中。人群是我们和城市之间的一道纱帘，人群也会是我们漂亮的墓碑。

我送了太多这样的“亡命之友”离开，他们总会作为礼物留一些自己的小收藏。慢慢地，家里的一个小角落就成了用很多人的“临时”搭起的纳骨堂。明天，我还要去一起做工作室的朋友家，取她给我准备的羊毛毡手工材料。那是她把养的松鼠带到顺义的林子放掉以后，买回来准备做小动物毛毡用的，但还没开始做，就下决心要带着意气风发，颠簸去下一个“辽阔”的未来了。我去接管羊毛毡了，虽然不知道要拿来做什么，但我总觉得自己有义务接管，仿佛一个21世纪的拾荒者。只是不知道自己的“临时”，又能放进谁的纳骨堂里去。

几乎命定般的，都市游牧民会怀揣着临时的恋物去生存，还会传递、继承这种临时，最后再像拎起一只睡袋那样拎起全部生活，决绝地闲逛去下一个地标。他们或许会在某一个黑暗的横截面中，伸出自己的舌头，尝一尝短暂的快乐，但终究会急着赶往下一段循环，不论在如何沉重的孤独中被抛入陌生，都能从机械的熟悉中迅速复活。

这可能就是一种，属于我们这代人的进化吧。

梁霄 专栏·社会漫游

我的家
在永远永远的大都会

1928年末，上海在大大小小的革命间隙得到一丝喘息，空气中弥漫着一种对未来的信任。这是城市极速扩张的时刻，那些从中国以外的世界传来的事物，似乎隐含风险，不过人们总归喜欢。大光明戏院在这一年开张；关勒铭制笔股份有限公司在沪创建，开始生产自来水金笔；“广州号”飞机带着邮件从上海起飞，这是中国航空邮政的起点。民国政府雄心勃勃，潦草地追赶着变化的节拍。但伴随现代政权建立带来的短暂复兴随时都有可能消退，这个国家渴望一种牢固的荣耀，却再次困惑地发现自己的前途一片迷茫。

这个时期，上海的“租界”繁荣得有些诡异。在上海当代艺术博物馆2016年举办的展览“市民都会：上海——现代城市主义的样本”中，策展人将此时的“租界”形容为一座“孤岛”，它的独立性不仅相对于民生凋敝的“华界”，还在于其内部没有遭受战争创痛的都市空间，以及特殊的折冲混杂的文化形态。“租界”是文化接触的前沿地带，在这里，“摩登生活、‘声光热力’与公共设施齐头并举”。作家施蛰存在1932年担任《现代杂志》的主编，他为杂志取了一个法语名字“*Les Contemporains*”，这是一本影响巨大的期刊，它着重展现的上海都市生活占据了文学主流，发表在上面的小说能够让读者将“现代”概念具象化为一只安装在“租界”公寓里的抽水马桶。而同时开始流行的画报文化则关注城市的两极发展：《东方画刊》的一期专题报道名为“天堂的上海，地狱的上海”，在跨页中并置呈现了“租界”赌场的外景与“华界”难民在施粥铺前挤作一团的惨状。[1]

想要复兴家国的知识分子一边哀伤，一边捶胸顿足。繁荣的“租界”无关民族精神的重振，反而是一根长在理想上的倒刺，他们期待民国政府拿出一个震荡性的计划，让涌动的血泪能够找到一条值得追随的线索。于是1929年7月，上海特别市政府通过了一项宏大的城市规划构想，决定在上海北部江湾地区的五角场划定土地，建设新的城市中心。此举既是为了解决现实问题，也是要为民族文化留出空间。五角场远离“租界”，在这片西方人不屑涉足的土地上，他们决定修造宽阔的马路、崭新的公寓、宏伟的公共建筑，广场中央的基台上不要忘记树立孙中山先生的雕像，甚至在很近很近的未来，拥有自己的码头和机场。这个计划被称为“大上海计划”——“The Greater Shanghai Plan”，一个更伟大的上海。

归国建筑师董大酉（1899—1973）成为这个计划的核心人物，在1930年至1937年间，他受邀担任上海市中心区域建设委员会顾问兼建筑师办事处主任，主导规划了“市中心”的行政区域，亲手设计了包括上海市政府大楼、上海市博物馆、上海市体育场、上海市立医院等许多公共建筑。毫无疑问，展现“民族特色”是这些建筑的使命，它们带着中国宫殿的“三段式”（平台、屋身、屋顶）结构，窗牖华丽，藻井斑斓，却在内部配备了现代化的水电系统。但随着项目逐一启动施工，现代建筑风格开始在新图纸上变得明显。中国航空协会会所是董大酉1935年的作品。这栋建筑具有一架飞机的轮廓，伸展的两翼上镶嵌着横向条形长窗，随后被称为“飞机楼”。

项目进行期间，董大酉陆续在中英文杂志上发表了若干文章，囊括了市政规划的构思，建筑图纸与照片，为如今对“大上海计划”的研究提供了珍贵完整的史料。当时的大众传媒则从各方面补充了董大酉的自陈。1934年，《大众画报》第5期刊登了“大上海市中心区之建设”，用中英双语配合图片展现了“计划”的实施全景。我们能够看到“市中

1 关于此段涉及的引用及文后的图片文献，参见张梁、上海当代艺术博物馆编著：《市民都会：上海——现代城市主义的样本》，上海人民美术出版社，2016年12月，第80至167页。

心”的鸟瞰图——网状的道路躺在云层下面，人们从未见过如此平坦、开阔的城市，这种令人内心激荡的感觉，使他们开始渴望某种更高层次的自由。1935年4月，上海首届集体结婚典礼在前一年落成的上海市政府大楼举行。纪念照片里，所有的新郎穿着中国长袍，所有的新娘穿着白色婚纱。他们像参加游行那样手臂挽着手臂，似乎即将结伴奔赴历史重新开启的黎明。

如果“大上海计划”的生命停在这一年就好了。可惜不是这样。1937年8月，日军进犯上海，江湾新市区作为上海的北门户，成为中日军队交战的前线，大部分已经建成的建筑在炮火中遭到毁坏，被人遗弃。更多的建筑还来不及破土，道路也来不及修造。1945年抗日战争胜利后，民国政府收回了受战争影响较小的“租界”，财政压力迫使政府决定在这里重设市中心，放弃“大上海计划”。于是，没有人，没有金钱，甚至没有武器再回到五角场。

2019年，从地铁五角场站出来以后，我发现自己身处在一个巨大的下沉广场。这个圆形广场是五条道路的交汇点，巨大的钢条支撑起一座圆拱形的金属穹顶，高架桥贯穿其间。我拿出手机搜索它在夜晚时的照片，看到一艘正在航行的宇宙飞船，桥上的车流形成一条光河，变作飞船的轨道。当我们谈论变迁时，通常联想到的是无法辨认的过去、新鲜事物带来的刺激和一些被抽象化为语言的记忆。但将这些综合起来，我没有在五角场感受到任何一段历史。我努力想象那个存在不到十年的“市中心”，却在心理上重重受阻。有什么巨大的东西，就像这艘飞船一样横亘在时空当中，造成了一种无法回避的不适。

当然还有一些建筑留了下来。当时的上海市博物馆和中国航空协会会所都被保留在长海医院内，成为门诊和“12号楼”。博物馆大厅被改造为候诊室，放置着一排排座椅，而两边狭窄的走廊里挤满了等待检查的病人，护士推着一些躺在移动床上的重病患者，他们目光向上，冷漠地注视着屋顶中间幽暗的藻井；而“飞机楼”并没有向公众开放，我爬上旁边的一栋住院楼，想要俯瞰它的外形，可惜的是，能够看到“飞机楼”的窗户藏在病房里，形容枯槁的陪床家属坐在窗前，打消了我的欲望，我没能看到它。

建筑师伯纳德·屈米在1981年发表了文章《建筑的暴力》，他所说的“暴力”

不是身体伤害，而是建筑与个体之间关系的强度。对“大上海计划”残留建筑的改造和再利用改变了它们原先的功能，也造成了空间与使用之间的逻辑不对称。那些狭窄的走廊、白色的病褥和挂在彩绘木梁下的叫号器带着一种压迫，对人群施加着“象征性或物理性的暴力”，甚至形成了那些决定改造建筑的人不想制造的批判。[2]当然，几乎所有病患都并不了解这座建筑，他们的闯入也在破坏建筑本身的逻辑。而那栋“消失”在我视野中的“飞机楼”，被重叠的楼宇阻挡，似乎代表着多年来人们有意忽视、回避和抛弃的历史记忆。更无所谓那些沦为瓦砾的建筑，还有那些永远停留在图纸上的建筑。“大上海计划”失去了被唤醒的机会，而像我这样想起它的人，既不再哀伤，也不再捶胸顿足。

只有上海市体育场变成了如今的江湾体育场，一直以来仍在投入使用，因此它获得了连续的记忆。1935 年，“中华民国”第六届全运会在这里开幕，当时正处于日军占领下的东北五省市代表选手手执黑白两色旗入场，全场观众肃穆地迎接他们；1962 年，导演谢晋拍摄了《大李小李和老李》，这是一部动员全民健身的主旋律电影。片中人物大李的老婆就在江湾体育场进行自行车训练。影片中的体育场雄伟开阔，已成为社会运动的背景。这不免使人惊叹：这座体育场经历的正是一个革命的世纪。我想象镜头跨越物理时间，缓慢地摇过它诞生的时刻，被日军用作军火库的时刻，无人踏足的时刻，红旗招展的时刻，直至来到此时此刻，镜头中的我仰望着体育场外竖立的探照灯塔，它仍然朝场内投射着看不见的光芒。

然而不适并没有消除。紧锣密鼓的变化只会让历史记忆与现实之间的错位感更加沉重，哪怕在文化产业和科技的推动下，那些“大上海计划”的遗产建筑或多或少都已经融入了日常生活。而面对董大酉留下的大量规划图纸和建筑照片，我却无法还原关于一个都会的梦想，关于一个家园的时空秩序。这些图纸和照片作为整体已经成为艺术，我的遗憾也是这艺术的一部分。

2 关于此段涉及的引用，参见 Bernard Tschumi, *Violence of Architecture*, Artforum, 1981,9.

"市民都会：上海——现代城市主义的样本"展览现场图
2016 年 7 月 9 日至 10 月 9 日，上海当代艺术博物馆

（本文图片由上海当代艺术博物馆提供）

2018.10.10. QIU DANDAN

Fiction

小说

石牢

文 | 班宇

1992 年，我被父亲安排出去躲避一段时间，具体原因不便明说。当时，父亲孤身一人在边境驻扎，负责物资调配，有些权势，听说我的事情后，连夜派车返沈，暗中将我接走，以便占据主动位置，争取一些疏通时间。我来不及收拾行李，只拎几件随身衣物，便掀开防雨苫布，钻入卡车货厢，借着手电筒的光束指引，侧卧在钢制轴承的弧底。我在里面分不清白天夜晚，伴随着单调的引擎声入眠，很快又被冻醒，我能感觉到，卡车一直向北开去，温度越来越低，风声剧烈，车身不断摇晃，如行在钢索之上，艰难地维持着平衡。我也如同一位杂耍演员，在狭小的空间内，奋力变换姿势，将全部衣服都套在身上，即便如此，依然寒冷无比。整个行驶过程中，卡车只停过两次，第一次应该是经过加油站，我听到外面有很多说话声，极其嘈杂，但分辨不出说的是什么，不到一刻钟的时间，便又开走；第二次应该是在桥上，我听见急遽的流水声，从山峰之间奔泻而出，有人从护栏的缝隙里扔来一袋面包，一个军用水壶，当时我烧得很厉害，几乎是用尽全部气力，将食物送进嘴里，但没过多久，又都吐在身上，狼狈不堪。我时而清醒，时而昏迷，当时觉得，这趟车似乎永远也无法抵达目的地，或者说根本没有目的地，它的使命就是一直开下去，没有尽头，而这是我能想象的最为严苛的惩罚。

所以当我被架起双臂，再抛到平地上时，觉得一切极不真实。阳光毒辣，我躺了很长时间，缓慢睁开双眼，望见清晰的群山，长舒一口气，有两个人站在高处，抽着烟，窃窃私语，偶尔发出几声冷笑。我双手撑在地上，想要站起来，却接连失败，狠狠摔在地上，四肢完全不听使唤，动作僵硬，嘴里也是一股腥味。我万念俱灰，向着天空，发出了一声极为怪异的惨叫，断断续续，像是被野兽扼紧喉管，那两人不慌不忙地将烟掐灭，朝着我走过来，他们的脚步很轻，几乎听不到声音，速度却很快，我还没反应过来，便在我身边蹲下来，脱掉我沾满秽物的外套，一头一尾，将我抬入室内，动作麻利，我一点力气也没有，任其摆布。进屋之后，他们将我放在一张斑驳的木床上，又递过来一杯水。我闻着热水的味道，感觉精神恢复了一些，这时，我才仔细打量这两个人，一位五十岁左右，戴着狗皮帽子，体型很壮，膀大腰圆，耷着眼皮，身上散发着浓重的旱烟味道，另一位要年轻不少，留着半长头发，总是低着脑袋，眼神有点阴，右脸上有一道很长的疤，嘴里嚼着枯草。一杯热水下肚，我觉得自己还在发着高烧，想起临行之前，口袋里装了几片药，便胡乱吃下去。睡着之前，我听见疤面人问年长者，今天是几号。年长者答道，十二月七号。我将棉被提到下颌，仔细掖好，半闭眼睛，心里想着，我离开沈阳那天，好像是十二月十号，但这也不太重要。

我虽十分疲乏，但睡得也不踏实，习惯颠簸之后，躺在这样平稳的床上，反倒不适应，我做了几个短暂混乱的梦，其中一个是狭窄的山径上，雾气流滞，父亲走在前面，我默默跟在身后，他的步伐很快，我有点跟不上，我轻声喊他几句，也没有回应，只好向前疾跑几步，想要伸手抓住他的衣服，却不小心滑倒。地面湿润，遍布苔痕，我很着急，可怎么也爬不起来，双腿无力发颤，高声叫着父亲，他停在不远处，回头望向我，脸庞比从前更为瘦削，目光里全是恨意，我不敢与之对视，便低下头，将耳朵伏在泥里。我听见浓雾正簌簌落下，听见大地内部的声音，朝着远处波动，缓缓推进，又折射回来，仿佛装置着无数轨道，巨石在上面行进，相互碰撞后静止，堆砌成不规则的环形，也像一道垣墙，或者一座墓，将我环绕禁锢，困在此处，无人在外凿击，大地持续波动，天空如镜，浮云是它的倒影。

年长者将我推醒，便走出门去，一句话也没说。我靠着灰墙坐起身来，汗水几乎将被子浸透，我低声对自己说几个词，以确定自己的音调

我听见浓雾正簌簌落下，听见大地内部的声音，朝着远处波动，缓缓推进，又折射回来，仿佛装置着无数轨道，巨石在上面行进，相互碰撞后静止，堆砌成不规则的环形。

正常，还能顺利发声：语言，建设，暴力，语言，峡谷，道路，语言，斗争，忘却，语言，煤炭，原谅，妈妈，语言，妈妈，妈妈。

汗液消散，我从床上下来，整理好衣裤，伸展臂膀，双手推开房门，向左转身，经过一道走廊，此时已是傍晚，天空隐隐透出暗橘色，地面泛出白光，两者的交界处，是一道起伏平缓的亮线，正在静静燃烧。院子里有几株枯苗，分别朝着不同方向倾斜，我想象一下，它们的延长线相互交叉，将院内切割成一道规则的多边形，在中心位置，则是一座石头砌成的塔楼，呈暗灰色，构造结实紧密，毫无缝隙，其锥顶略高于其他房屋，侧门低矮，需躬身进入，稻草铺在周围。我到达走廊的尽头，推开右侧屋门，来到另一间开阔的房间里，共有三人，围在餐桌上吃饭，我走过去，坐在最后一把空椅子上，拎起白色塑料桶，给自己倒上半杯酒，仿佛对这里的一切了若指掌。

年长者进行自我介绍，名叫杨树，专做此类事情，他向我介绍道，这里条件虽然一般，但是绝对安全，附近居民不多，相互往来更少，整个区域几乎要被人遗忘了，他与每位朋友也是单线联系，更准确一点说，他只是等待命令，何时接来，何时送走，更多外面的情况，他并不知情，也没兴趣，对我只提一个要求，未经允许，不要擅自离开。疤面人说，自己叫李德武，当过兵，十五岁去的部队，三年又三年，除杨树之外，他在这里待的时间最长，大概已经有两年，也许是三年，三年又三年，记不清了，反正过了挺长时间，很适应此处，安静，没人打扰，出去也行，不出去也行，没有本质区别。他说话时语序混乱，总爱重复前一句话，给人感觉思维有些问题，或者是长久疏于交谈。坐在右侧的是一位男孩，看起来年龄比我还小，应该不到二十岁，个子不高，皮肤白皙，眉毛粗重，眼神发亮，应该是在城里长大，没怎么吃过苦，性格比较内向，扭着头讲话，北方口音，经常夹着尴尬的笑声。他说，自己叫孙程，也刚来不久，待不了几天，可能明天就走，平时喜欢读书，可惜在这里读不到，问我有没有带书过来，什么都行，带字儿的就可以。我摇摇头。孙程说，也没关系，没关系的，那你有没有闻到一股腐败的味道呢。我又摇头。孙程说，我每天都能闻到，有时还会被呛醒，荒郊野岭，也是奇怪，那种气味好像是从地底传上来的，挥之不散。杨树咳嗽两声，又用筷子敲敲碗沿，孙程不再讲话，僵硬的笑容也收回去，规矩坐好，像一位在课堂上刚被训斥过的学生。

杨树让我也讲几句，刚才听他们说话时，我就一直在想，在这种地方，为避免麻烦，不会用自己的真实姓名，也就是说，这里的人们没有历史，完全可以按照意愿进行重塑。我想起以前我的一位朋友，决定在此借用他的身份，我一口将杯中的酒饮尽，开口说道，我叫潘宇，沈阳人，郊区长大，二十三岁，没什么学历，在锅炉房上班，干管道工，我不知道你们是哪年到这里来的，待了多久，但今年沈阳有几件事情，有点意思，我给大家讲讲，权当下酒，一件与我毫无关联，另一件跟我稍微有点关系，诸位自行分辨。第一件事，发生在上个月，两个年轻人害了一个小姑娘，也不能算害，平时三人关系还不错，十六七岁，从小就认识。当时刚入冬，小姑娘想买件蓝色滑雪棉袄，今年流行这个，但家里没给钱，条件差一些，也是没办法。小姑娘情绪不好，去跟这两个朋友喝酒，直至半夜，醉得不省人事，两个年轻人也不敢送回家。小姑娘的父亲比较凶，脾气很差，看见他们带着女儿喝这么多酒，肯定要发火，打骂在所难免，又没钱出去住。想了半天，记起他们有一位在锅炉房工作的朋友，常年上夜班，便直接奔过去。想要拜托朋友来照应，在那里对付一宿，第二天醒酒，她自然也就回去了。至于怎么解释，那是她自己的事情。送过去后，两人就回家了，一觉睡到早上，忍着头疼，起床上班，一切正常。奇怪的是，两人在下午各自呕吐一次，没有征兆。又过了几天，他们听说，小姑娘失踪了，家属已经报案，他们听后很慌张，连忙去找那位朋友询问情况，但他却不在单位，有人说早已办理停薪留职，好几个月没来上班，一直在家里照顾生病的母亲。他们提着水果，去朋友家里拜访，问起当天的事情，那位朋友一脸困惑，说母亲卧床近半年，他平时连门都很少出，更别提上夜班了。这两个年轻人就更加不解，完全不明白是怎么一回事。那天的事情，在他们的记忆里，也逐渐发生变化。其中一位认为，另外一位当夜并未回家，而是又折返到锅炉房，与那位朋友联合起来，图谋不轨，但具体做了些什么，他也想象不出来。另外一位则不这么想，在他的记忆里，因为没有证件，他们搀着小姑娘从侧门走入锅炉房，要到达工作区域，需越过一座低矮的煤山，煤山上接着一串灯泡，间隔数十米，瓦数很高，在风里摇摆，晃得他们睁不开眼，走到一半时，听见一阵窸窣的声音，应该有人在低处铲煤，但好像碰到一块硬物，只能从四周仔细一点点敲碎，如同一只老鼠在噬咬门板，他踮脚望下去，却什么也没发现，再往前走，被绊了一跤，他隐约看见，一截白骨从煤渣里升出来。他想起几天前听到的一则新闻，也是在这个锅炉房里，发现一具女尸，右颈部有一切割创，较为表浅，左胸部有一刺创，贯穿心脏，导致失血死亡，致死工具为单面刃刺器，凶手至今还未抓到，他打了个激灵，身体一阵哆嗦，想要撒尿，于是扔下同伴，跑去角落里方便，回来之后，另外两人却不在原地，他继续往前走，迎头遇上同伴，说一切已经安排妥当，两人并肩出门，就此告别，各回各家。这是第一件事。第二件呢，主角是这位曾在锅炉房上班的朋友，当天晚上，他正在家里照顾母亲，看了会儿电视，睡得比较晚，大概十点多，他刚洗漱完毕，听见一阵很轻的敲门声，他将门打开，披了件衣服，站在外面与来者说了几句话，然后转身回到屋子里，取了一些东西，穿好衣服，跟着来者一起出门，过了两个小时，他才回来，但并不是一个人，背上还有一位熟睡的小姑娘，十六七岁，穿着一件蓝色滑雪棉袄，他把小姑娘放在自己的床上，将其外衣外裤脱掉，又盖好被子，累得满头是汗，小姑娘翻了个身，响起轻微的鼾声，他的情绪很焦躁，最终没忍住，犯下一点错误，具体不讲。之后他瘫在地上，抱着脑袋，十分懊悔。之后来到卫生间，拧开一点水龙头，仔细擦洗身体，又将小姑娘的衣物打成一个包裹，放在阳台上。做完这一切，已近凌晨，他想叫醒母亲，准备喂药，刚推开房门，便闻到一股腐败的味道，跟平时略有不同，似乎带着几分腥气，他走到床边，发现母亲已被人杀死，右颈部划有一道浅浅的伤口，流出来的血已经凝固，如同一条黑色的项圈，致命伤也许是在左胸部，其心脏被利器刺穿，露出一部分白骨，像是被打了个洞，他拉开半扇窗帘，暗光映入，伤口还在不断地冒出黑血，他哭嚎着，极力将其捂住，却有异感，于是迅速将双手缩回来，举至眼前，发现上面满是细密的煤渣。有人在刺死她后，又将一块燃尽的煤核放在胸口上，轻轻敲碎。

院里只有三间房，他们各住一间，杨树让我暂时睡在石楼，我举着蜡烛低头进入，发现这里跟卡车货厢区别不大，空间狭窄，满是枯枝与落叶。室内只有一张草垫，一把梯子，一张缺角的方桌，角落里堆放一些杂物，没有窗户，我睡觉之前，将门嵌开一道缝隙，冷风吹入，像一把冻过的匕首，要将我的皮肤割开。我抱紧双臂，眯起眼睛，回忆着刚才说话讲故事时每个人的状态。李德武假装没听，但身体轻微抽搐数次，极为隐蔽，压抑着内在的兴奋情绪；孙程听得很认真，呼吸急促，张着大嘴，一副难以置信的表情；杨树则始终保持着静默，看不出任何变化，他坐在那里，如同一个黑洞，能将全部的光芒与声音都吸附进去。

深夜里，雪花飘入石楼，落在身上，许久不化。门外有脚步声，我竖起耳朵，应该是住在东屋的孙程，起夜去厕所，他的步伐急促，穿着棉鞋，一路小跑，返回时走得很慢，在石楼附近稍作停顿，便又走远。第二天，我起得很早，在院里散步，发现雪地上有四行浅淡的印迹，两行是孙程所留，另外两行通向杨树所住的南屋，我自认为足够警惕，但却没有丝毫察觉。

李德武劈柴烧火，杨树煮一锅挂面，我找了根树枝，在雪地上胡乱写画，孙程在旁边看了半天，然后问我，潘宇，这是哪里的地图。我说，不是地图，随便画几笔。孙程皱着眉头，继续说，我能看出来一些，像是某座城市，横平竖直的街道，两侧是建筑物，整体构成环形结构，有点像迷宫，其中又有许多障碍点，雪花堆得稍高的那些地方就是，以及，这些图形看似混乱，其实是两个区域叠在一起，也可能是三个，中间一个需要倒转，再拼接一起，这样就清晰很多，我不太确定，不过你像是正在找一条路，想从这里逃出去。我说，想象力很丰富。孙程说，瞎说的，不要当真。我想了想，问他说，你有办法么。孙程说，办法不是没有，不过你要告诉我一个事情。我说，你讲讲看。

孙程说，你的真名就叫潘宇吗？我也是沈阳的，听说过一个人，有不少事迹，跟你同名。我说，这名字又不稀奇，你难道真叫孙程？他思考几秒钟，对我说道，想从这里走出去，并不困难，从原始位置出发，顺着某一条路探索，若能走通，则继续行进，否则沿原路返回，换一个方向再试，直到穷尽所有可能，所以你的问题其实是，如何在合适的时间内，顺利避开全部障碍点，那么我们进行倒推，既然出口位置是确定的，那么事实上，这里才是真正的起点，不妨从此开始，先把所有的障碍点连成一条线，再将区域路径也覆盖在上面，两张图重叠，只保留线段相交的部分，再除去与障碍点重合的情况，将剩余交点连缀起来，可以得到一个内部路径的图形，抵达最近的交点后，绕此图形沿路行进，便都是安全地区，所以它不是一个迷宫，准确一点讲，或许也不是城市，它没这么精密，而是煤厂，当然，我也不叫孙程，我的名字是李德武。

晚饭过后，杨树邀我去他的屋内休息。他掏出一副扑克，自顾自在桌上摆开，三分之二是明牌，三分之一是暗牌，他盯着这些牌，往往会思考很长时间，逐一移动位置，我读不懂他的玩法，自觉无趣，就打了个招呼，说想要回屋，准备睡觉。杨树并不抬头，低声对我说，李德武明天就走。我说，孙程今天告诉我，他的名字叫李德武，那走的到底是谁。杨树说，李德武。我不再追问，准备返回石屋，推门出去时，看见李德武站在西侧抽烟，孙程在他旁边，两人交替呼出白气，我走上前去，冲着他们点点头。孙程抬手指了指李德武，问我，听说没有，他要走了。我说，刚听说。孙程继续问，你想不想知道，他为什么来到这里，我聊了半天，也没问出来。我转头看看李德武，那道疤痕在月光里变成银白色，像一种柔软的金属，被镶嵌在脸上。李德武递我一支卷好的旱烟，又划根火柴，帮我点燃，我抽了一口，味道极呛，忍不住咳嗽起来。李德武说，这里原本是个庙，几十年前。我说，你怎么知道的。李德武说，当兵之前，我一直住在这里，住在这里，有一段时间，香火很旺，很多人过来朝拜，庙的后面是一条河，水从山上流下来，水从山上流下来，我走的那年春天，水流越来越细，只有几米宽，两岸都是湿泥，人一迈进去，越陷越深，很难再伸出腿来，一年多后，我休探亲假，再次回到这里，山地贫瘠，河水干枯，附近的人也都搬走了，这座庙也随之荒废，杨树住在这里，住在这里，没人知道他是从哪里来的，带着一杆枪，就斜在佛像边上，斜在佛像边上，也不跟人说话，他住下之后，将梁木拆去，自山顶背下石头，自山顶背下石头，一点一点重砌起来，我以前在部队干得不错，成绩优异，还是神枪手，但有一次走火，犯了点错误，不大不小，心里始终过不去，导致后来一见到枪就怕，见到枪就怕，却还想去摸，控制不住，我每天在这座庙的附近转悠，没过几天，跟着父母一起搬到镇上，也没回过部队，但我还惦记着这杆枪，每天睡不好，做梦都是枪声，都是枪声，那种声音，你听过一次，就想听第二次，于是又跑回来，跟着杨树在这里住下来，三年又三年，三年又三年。孙程说，来接你的是谁呢。李德武说，我不知道。孙程冲我使了个眼色，我跟李德武说，先回去休息，希望一切顺利，又跟他要了一根烟，不知怎么，这烟的味道虽然普通，抽着却很上瘾，我在石屋将最后的半支抽完，头脑一阵昏沉，然后就睡着了。

睡至半夜，大面积的冷风忽然灌进屋内，我翻身坐在地上，发现孙程偷偷来到我的屋内，举着蜡烛，示意我不要讲话，然后指着外面，我屏息凝神，在心里数数，查到三百的时候，我听到了一声枪响，来自西侧，回音短促，十分清脆，像是低飞的鹰，羽翅拍击水面，只一瞬间，又迅速离去。孙程抬起头来，看着我的双眼，仿佛在寻求一个答案。我提了提衣领，将手伸入里怀，摩挲着那柄弹簧刀，那是父亲从前送给我的，我一直带在身上，销子钩住钢刃，时刻准备弹出来，不算长，但足够锋利，我用过几次，相当趁手。过了两分钟，孙程站起身来，跟我说，出去看看，刚才我上厕所，瞥见一个人影，翻墙进来，直奔西屋。我点点头，将刀收进袖口，以防不测，跟在孙程身后，来到院子里。杨树屋内的灯也亮了起来，他推开门，敞着衣服，手里拎着一杆猎枪，像一位刚睡醒的屠夫。我们三人相对无言，走向李德武的住处。门在里面锁着，杨树用枪柄砸开，屋内无人，也没有血迹，满地烟灰，一尊破败的佛像摆在床上，周身被绳索缠绑，而李德武不知所踪。杨树面无表情，来回巡视几番，喘着粗气，额头渗出汗珠，孙程死盯着佛像，像在探究其中的奥秘。我开始怀疑，刚才听到的那一声，到底是不是枪响。

按照我的预想，如果第二天的车没有接到李德武，那么杨树势必会遭到质疑，我与孙程也无法在此长久待下去，无论对谁来说，都是转变的契机。但事实并非如此，一整天里，没有任何车辆经过此处，杨树也恢复常态，砍柴烧水，看不出任何情绪，甚至将那杆枪从头到尾擦了一遍，抹上煤油，仿佛李德武根本没有消失或者存在过。夜里，他进入西屋，取出佛像，放在院子中央，放了一把火，将其烧掉，口中念念有词，烟气冲天，火舌在皑皑的白雪上四处蹿动，散发出一股浓重的腐败气息，那是死人的味道，对我来说，这也并不陌生。杨树握着那套扑克牌，逐张抽出来，看一眼牌面，再借着佛像身上的火引燃，单手一抖，飞至远处，火焰高扬，落在雪里，也不熄灭，就浮在上面，漂着烧完，最后还能残留一些火星，在无尽的银光里闪动。

每过一日，我便折一截枯草，放进口袋里，入睡之前，我会将其捻开，细数一次，看看在这里一共待了多少天，在第九十天的时候，我陷入混沌之中。一方面是，这些枯草放得时间久了，变得极易碎，一分为二，二分为四，也有部分枯草碎成粉末，被风吹走，我已经数不清到底在这里待了多少天，前一天是八十八根，后一天就变成一百〇四根，然后又是一百根。再有，我在这里这么长时间，按理说来，应该换过一个季节，但周围景色并无变化，依旧荒凉萧索，罕有人迹，也就是说，我失却了时间概念。孙程的感受也许比我更为强烈，跟我来时相比，判若两人，极瘦，面无血色，不跟任何人讲话，每天将自己关在房间里，我偶尔透过门缝看几眼，发现他在床上蜷成一团，一动不动，不知道是死是活。

这里的白昼越来越长，我睡得晨昏颠倒，总会梦见李德武，他告诉我一些事情，但我只相信其中一部分。在第一百七十三天，或者一百五十四天时，杨树炖了一条河鱼，有三四斤重，分不清品种，细鳞未刮，土腥味很重。饭后，孙程掐着自己的脖子，走来走去，不停地咳嗽，呼吸艰难，很快便现出一道瘀青，像是要将鱼刺从皮肤里拔出来。我坐在一旁，耍玩手里的弹簧刀，对此，我早已不再避讳，如果孙程此时想要借用一下，我很愿意帮他割开喉咙，看看到底是什么令他如此难过。杨树视若无物，喝掉杯中的白酒，站起身来，步履蹒跚地走过我身边，留下一句，明天会有人来接你。

我很难确切回忆起那一夜是如何度过的，换句话说，虽然内心有所希冀，但更多的是紧张与忧虑，在此之前，我找到了一种与自己相处的合理方式，即也如枯草一般，一分为二，平行存在。一部分在外部更大的迷宫里，不断游荡，躲避障碍，孤零零的身影，随着地势起伏若隐若现，我成为自己的旁观者；另一部分待在石屋内，从未离开，无声静坐，或者用刀在墙上写字，一个词语覆盖在另一个词语上面。语言，建设，暴力，语言，峡谷，道路，语言，斗争，忘却，语言，煤炭，原谅，妈妈，语言，妈妈，妈妈。但当我听到那声枪响时，仍不免浑身颤抖，刀刃卷曲，那扇门已被锁住，我与外面的人共同等待未知的到来。我想到了那尊佛像，李德武的面容从佛像的脸上缓缓移去，替换成为杨树，然后又是一场烈火，将其化为灰烬。我极力控制着自己，但听到引擎声时，还是高声叫喊起来，带着哭腔，声嘶力竭，可没人听得见，直至车声远去。

屋内黑暗，窄门紧闭，透不出一丝光亮，外面又下起了大雪。那些雪片不知从何处飘入，纷纷扬扬，落在我的脸上，寒意侵袭，我倒卧在地，不停地发抖，而大地波动的声音，由远及近，再次滚滚而来，仿佛一列火车正钻出地壳，驶入灰暗的天光之中。我想，孙程会用尽一切办法，在不知不觉之间，消灭父亲在世上的痕迹，名正言顺地成为潘宇，但我并不是潘宇，所以他还会遇到一些小麻烦，但那也不是什么问题。而我现在，将要顶着孙程的名字，等待来接他的那辆车，时间或许相当漫长，也不要紧，我有着足够的耐心。再过不久，太阳就又要升起来，那扇门会被焚烧过的风吹开，我抚摸着石墙，涂满词语的石墙，渐渐明白父亲的用意，这样一来，我终于可以轻松地活下去。

我靠着灰墙坐起身来，
汗水几乎将被子浸透，
我低声对自己说几个词，
以确定自己的音调正常，
还能顺利发声：
语言，建设，暴力，
语言，峡谷，道路，语言，斗争，
忘却，语言，煤炭，原谅，妈妈，
语言，妈妈，
妈妈。

from《石牢》

凯旋门

文 | 郑执

1

从腊月二十八往后，时建龙只担心两件事，千年虫和他的肱二头肌。两件事都是无中生有的。

两天前，时建龙买了一台电脑，586，组装机，一万零点儿，市面价得多花一千，他找人买的，人是他小学同班的体委，下岗后在三好街盘了个床子，主营电脑跟配件，带卖游戏盘和黄片。时建龙省了一千，掏三百请体委吃了顿饭。体委喝，时建龙看着，他为备赛戒酒半年了——华新杯健美先生大赛，大企业赞助，第一名奖三万块钱。中午喝到下午四点，体委脚下踩着空箱套，身子随太阳往西滑，掐住时建龙右臂的肱二头肌，说，动一个。时建龙反复攥两下右拳，再迅速摊开五指，肱二头肌平行位移，似地震中的危房。体委说，可以，跟小耗子似的，谁能想到，上学那会儿瘦成个鸡崽子。时建龙说，你胖不少。体委说，一百八十五斤，前天刚去体的检，脂肪肝。自费，一千二，妈的。时建龙说，无所谓，你高。体委说，你有一米七吗？时建龙说，一米七整好。体委说，这小逼个儿，还练健美操，越练越堆，小心成球了，给一脚来回滚，哈哈。时建龙说，我练的健美，施瓦辛格，健美操那个是马华，每天跟我做，每天五分钟。体委说，知道，中央台那女的，穿件连体裤，裆勒到大腿岔子，你说那裤子啥料的？感觉不透气。你结婚没？时建龙说，还没对象。体委说，咱俩同岁吧？虚岁三十三了，还不找。时建龙说，没遇上合适的。体委说，别说小孩话，床上合适就行。我今年明显感觉不太行了，软，力不从心，我媳妇天天闹，你说跟脂肪肝有关系没？时建龙说，锻炼锻炼，减减肥。体委说，那我跟马华蹦操。你天天锻炼，那方面是不挺好使？鸡巴是不也跟小耗子似的？嘿嘿。

时建龙的腰受过伤，当年在健身房还是新手时，做负重硬拉落下的，久坐必疼，决心找个借口先走。起身付账前，体委对他说，九九年了，要提防千年虫，说是电脑的癌症，我也不太懂，但电脑坏了我管修，你来打折，黄片白送。联系啊。

电脑是时建龙一路从三好街驮回家的，前天刚下过一场大雪，街面很滑。中途绑电脑的绳子断了，最后一段路用推的。第二天一早，时建龙就叫人上门把网线连妥了，中午不到已自学登入黄色网站，外国的，拨号网速只够看图片，三分多钟还没刷出乳头，肚脐眼刚一露面，时建龙立刻反锁了卧室门，回到转椅上才发现金发女人没有阴毛，看着好笑，赶不及换图，飞速对着屏幕手了通淫，拿纸抹干净地板，抓紧又把门锁开了，主要是怕引起母亲怀疑。父亲去世七年，时建龙一直跟母亲住在老房子里，两居室，一人一屋。父亲去世后，母亲最大的精神支柱就是盼动迁，消息传了好几年，慢慢动静又小了。为此母亲短暂消沉，随即把生活重心转移到了给儿子相亲一事上，动迁还能等，留口气就够，抱孙子万万不能，臂力不饶人。母亲曾对时建龙下过命令，你办你的事，我办我的，两边都抓紧，争取在新房里添丁进口。

关于如何处理射精过后的短暂大脑空白与情绪低落，时建龙已总结出自己的经验，学习新知管用。他在网页里搜索起千年虫，网友给出最简洁的一个答案：日历进入 2000 年的一瞬间，计算机纪元将归“0”，人类文明倒退，一切电子设备面临瘫痪，其本质是一个在计算机发明之初便被忽视的 bug，“bug”中文译为“虫”，仿佛一条以时间为食的巨大虫子，非常形象。可惜配图是一张卡通甲虫，这跟时建龙对千年虫的具体想象出入太大，他不自觉地忆起，二十多年前的一个夏天，父亲尚体壮如牛，手里拎着鱼竿，从运动系的巨大拱门内昂首步出。那肯定是个周五，他来迎接父亲下班，因为每个周五的黄昏，他都会陪父亲去浑河钓鱼。通常父亲会一边盯着鱼漂，一边喝啤酒，但那阵子浑河上游修坝截流，水流干涸，河道变幻成水洼散布的沼泽。浅斜的河床暴露无遗，烈日灼晒过后，淤泥中涌散出陈年的恶臭。父亲并不在意，鱼竿被闲在一旁，只管喝酒。时建龙闹心，跳下河床，用一根吃剩的雪糕棍儿胡乱搅着大大小小的窟窿眼儿，企图收获一两只蛙，甚至是小水蛇。不久，一条身负黑黄色斑纹的黏湿的蠕虫状生物，被他从面前挑起，自己竟全然不识。时建龙把怪物丢在父亲脚下，问，这是啥？父亲说，蚂蟥，吸血的。时建龙说，有印象，《十万个为什么》里写过。父亲喝着酒说，这玩意儿神奇，刀劈斧砍都整不死，晒成干儿，冻成坨儿，缓过来还能活。人应该掌握这种本事，仿生学，科学家得好好研究。时建龙不信，于是投入一整个下午的时光，先后以玻璃片、砖头棱儿、鱼钩子，外加连踩带跺，对那条蚂蟥展开折磨，果真无法对其造成任何伤害。蚂蟥时而变换成细绳，呈原本身长的几倍，时而又扁平作一摊烂泥，软硬不吃。时建龙折腾到满头大汗，父亲也不催，只静静地喝着酒看，中途提醒一句说，小心别让它钻进腿里，顺血管一直往上游，游到脑子，人就完了。时建龙说，今天我必须整死它。父亲说，天黑了，回家。时建龙不屑，偷偷用装鱼食的塑料袋把那条饱受折磨的蚂蟥包了，揣进口袋，谋划着回家扔灶台上拿煤气烤，不幸被父亲察觉。父亲说，扔了。时建龙不肯，屁股随即挨了一脚横抽，疼得想哭。父亲说，别他妈逼我削你。时建龙怄气似的，把塑料袋抛向河中央，蚂蟥在半空中脱落，一头栽进黑漆漆的污泥跟夜里。

时建龙觉得，千年虫的形象理应更接近蚂蟥，它们同样无法被杀死，一个反噬时间，一个无视痛楚，都可以成为人类的偶像。想象在此刻被母亲推门打断。果然没敲门。时建龙忙将包裹着精液的纸团揣进裤兜。母亲说，你干啥呢？时建龙说，写稿呢。母亲说，最近在写哪个国家？时建龙说，法国。母亲说，意大利这么快写完了？时建龙说，写过好几遍了，比萨斜塔，斗兽场，百花大教堂，滚瓜烂熟。母亲说，有电脑了，工作是不是方便多了？时建龙说，是，不用再跑图书馆了，写稿也省事。母亲说，好好利用。你王姨给安排了个人，一会儿去见一下，抓紧洗个头，换身衣服。时建龙说，也不提前一天说，下午还要带李戈训练。母亲说，这次你再不去，我跟你王姨没法处了，电脑不能白给你买。时建龙顺从地接过写有女方手机号的纸条。心底想，他必须把那三万块钱奖金拿到手，还给母亲。人在屋檐下，哪怕是母子俩。母亲不习惯带门，半张脸透过门空，说，我跟你爸去过意大利，你还记得吧？你上高二那年，运动系公派出差，足球交流，可以带家属，我跟你爸玩了半个月，长了不少见识。时建龙说，记得，带回来一个 AC 米兰的足球，还有队员签名，后来被我踢爆了。母亲说，小龙，以后别再让妈操心了。今天你爸忌日，晚上回家烧纸。

2

见面地点在回回营的一家羊汤馆，时建龙定的。女方本来提议去肯德基，时建龙说那是垃圾食品，油炸致癌。女方在电话里就不乐意了，后来迟到应该是故意。备赛这半年，时建龙基本不下馆子，万不得已只吃清真，借机补充牛羊肉，一水清炖，不过油为宗旨。女方到时，时建龙已经点好了菜，一锅炖肉，一锅羊杂，特意嘱咐后厨减一半盐，别放味素。两个凉菜，拍黄瓜，老醋蜇头。女方说，效率挺高啊。时建龙说，节省时间。两个砂锅底下，小火咕嘟着。女方说，等会儿还有事？时建龙说，可以没有。女方笑了，说，取决于聊得好坏呗？时建龙说，这么理解也行。女方说，听说你是搞健美的，怎么看着挺胖呢。时建龙说，羽绒服太厚，穿着吃亏。女方说，那脱了，看看。时建龙说，里边就套了件短袖，他家暖气不好，算了。女方说，腊月穿短袖，真能嘚瑟。时建龙说，主要是去锻炼方便，脱来穿去的，更爱感冒。女方撇了一勺羊汤，香菜浮着，抿进嘴里又吐出来，说，淡点儿。时建龙说，盐吃多了对身体不好，我告诉下手轻点儿。女方说，矫枉过正了，做事讲究个度，轻重不对，啥都不对。时建龙说，有一定道理。女方说，听王姨说，你还搞文学，文武双全呗？时建龙说，给一个旅游杂志写专栏，跟文学没关系，半月刊，一个月写两篇，介绍世界各地的旅游景点，闲着赚几个稿费，够每月健身房钱。女方说，你经常出国？时建龙说，辽宁省都没出过，最远去过鲅鱼圈，小时候我爸带我去的。女方反复夹一块蜇头，几次从筷子间溜走，说，没去过你咋写出来的？时建龙说，瞎编。女方说，咋编法？时建龙说，去图书馆查资料，回家改改词，一千字一篇，容易。女方说，杂志叫什么名？时建龙说，说了你也不知道，主要摆在几家旅游公司跟出国中介的，根本没人看。女方说，还干别的吗？时建龙说，以前在一个私立中学当体育老师，都是有钱人家孩子，家长管不了，扔那寄宿，工资还行，夏天倒闭了，现在没干别的。女方说，学校还能倒闭？时建龙说，校长贪污建校费跑路，说说你吧。女方说，你想知道什么？你连我名字都不问。时建龙说，咱俩有第二次再问。女方说，我发现你这人挺实际。我大专文凭，在中医药大学做了两年出纳，临时工，后来不爱干了，卖保健品，赚得比过去多点儿。时建龙说，卖药啊？女方说，保健品不是药，是保你未来少吃药的，好东西。你身体好，还注意饮食，没关注过保健品吗？时建龙说，从来不吃。女方说，蛋白粉也没吃过？时建龙说，那吃，搞健美的都得吃，那不算保健品。他掇起一块牛肉，说，你看，这都是蛋白质，但我需要的量大，这一锅肉，比不上一勺好蛋白粉浓缩的多。女方说，说得咋这么对，营养品就是弥补日常饮食中的不足，你平时吃的蛋白粉什么牌子？时建龙说，美国巨人牌，专门给运动员吃的。女方说，我做的牌子也是美国的，安利，知道吗？时建龙说，知道，王姨就做这个的，听我妈提过。女方说，你以为王姨跟我怎么认识的，她是我发展的。时建龙停下筷子，把羽绒服脱了，剩件短袖。女方说，你干啥啊？时建龙身子探前，锁紧双肩，说，你摸摸。女方说，摸啥啊？时建龙说，胸肌。女生伸出食指戳了戳，说，邦邦硬，石头一样。时建龙重新把羽绒服穿好，说，我的蛋白粉非常好，毕竟是专业的。女方说，凡事多比较一下再下结论，你还是留我张名片吧。

骑车去健身房的路上，顶风。时建龙前天刚蹲过腿，股四头肌酸得要命，每蹬一脚都像上老虎凳。他在路灯下停车，揉腿，又掏出女方的名片，巩由美，名字挺嘎咕。回想一番，她长得其实挺好看，腿也长，穿带根儿的皮靴比自己还高，可惜了。名片最终被随手丢进风里。

年关临近，健身房罕有人来，两排器械多赋闲。时建龙进来时，李戈正在杠铃架下蹲腿，光膀子扛杠铃，双脚与肩同宽，挺胸，收腹，撅屁股，每下蹲一次，面目就更狰狞，双膝狂抖着。杠铃架高两米，宽一米二，李戈在架前龇牙咧嘴的模样，莫名令时建龙想起孤身杀至城门下的阿喀琉斯。时建龙走近才注意到，架旁还站着一个男人，生面孔，跟自己岁数差不多，不是看热闹的，他正在指导李戈。生面孔在旁打气，再整一个！李戈告饶，整不了！哎我嚓！生面孔提高音量，整！最后一下冲刺，李戈还是半途泄气，攻城宣告失败。生面孔叹气，其实还能整。李戈抖着双腿跟时建龙打招呼，来了，哥。时建龙应了一声，脱下羽绒服，搭在龙门架一角，短袖胸口印着“省运动系首届教职工田径比赛”，站在生面孔跟前，说，没见过你。生面孔说，第二回来，家刚搬到附近。时建龙说，办证了？生面孔说，找人办的，家里有亲戚在运动系。时建龙说，难怪，外边人不让进。生面孔说，你是运动系的？时建龙说，不然呢？李戈觉出气氛不对，打岔说，龙哥，你今天咋来晚了？时建龙说，刚才忙点儿事。两人对话间，生面孔溜达着自己绕远了。时建龙目测他的背影，一米七五上下，轮廓还凑合，脖子细长，斜方肌太薄，走起路脑袋晃晃悠悠，不庄重。李戈说，人不错。时建龙说，就怕好人干坏事，我的腰咋伤的？不懂装懂的人给教坏的。昨天刚蹲完腿，今天还蹲，不怕瘸啊？李戈说，你这不是来晚了嘛，我瞎整俩。时建龙说，欻空还认个新师傅。李戈说，没有。时建龙说，刚才是他让你多加了 20 吧？对你水平超负荷了。李戈说，感觉还行啊。时建龙说，轻重不对，啥都不对。李戈说，哥，你咋还较上真儿了。

训练提前结束。时建龙心有不快，拉着李戈吃晚饭。还是清真，回头馆。李戈说，回头油大，你说的不让吃。时建龙说，不点回头，他家炖肉也不错。李戈说，哥，炖肉都要吃吐了，还不许吃主食，吃炖肉不配大米饭，等于脱了衣服不让摸，憋啊。时建龙说，减脂期间，碳水摄入必须严控，开春就打比赛了，不能功亏一篑。李戈说，哥，其实我不一定非要参赛。时建龙说，第一次，紧张也很正常，重在参与，成绩都是慢慢进步。李戈说，今天我爸告诉我，事儿办成了，我能进运动系了，保卫科。时建龙眨眨眼，眼瞅着炖肉端上来，一人一大碗，香菜落得均匀。李戈说，哥？时建龙说，正式工吗？李戈说，合同工先进去，一年后给转正。时建龙说，那也行。李戈说，我求过我爸，让他帮你也问问，但他力度有限，这次只能办进去一个，等开春我再叫他努努力。时建龙说，心领了。戈子，我带你多长时间了？李戈说，小一年了。时建龙说，有收获吗？李戈说，收获太大了，以前体弱多病，从小在院儿里挨打，就现在这身块，谁想动我都得先合计合计，更别说我去游泳馆，小姑娘齐刷回头了。哥，我其实一直没找到机会感谢你，今天话赶到这儿了，咱喝两杯吧，破个戒。时建龙点点头。李戈喊来两瓶啤酒，先给时建龙满上。李戈举杯，说，哥，我敬你。时建龙抬手将杯中酒洒在地上，说，今天是我爸忌日，正好七年。李戈说，真快啊。说罢也拿杯中酒浇地，说，敬我大爷。时建龙抓过酒瓶，一口吹干。李戈说，慢点儿。时建龙脱掉羽绒服，说，我有个绝技，从来没教过你。李戈说，啥绝技？时建龙曲起右肘，收紧腋窝，把空酒瓶夹在肱二头肌与小臂间，说，我能给这酒瓶子夹碎，你信吗？李戈想拦，说，哥，多了。时建龙说，就问你信不信？李戈说，我信。时建龙说，还是不信，你看好了。

3

……中心拱门高 36.6 米，宽 14.6 米。两面门墩的墙壁上，分别有四组主题浮雕：出征、胜利、抵抗、和平。雕刻技艺完美展现了帝国风格的艺术结晶，人物造型活灵活现，整体气势磅礴。当你缓步从门内穿过，耳畔仿佛能听到百年前的英雄们高奏着凯歌，巴黎万人空巷，只为迎接你。人群之中，有你的父母、爱人、孩子。那不只是一道胜利之门，更是一道生命之门……

——《环球旅游小览》1999 年 3 月刊下期

时建龙的肱二头肌一半被割断，手术做了五个小时，取出四块玻璃碴子，缝了三十六针。大夫说，全养好至少四个月，训练就别想了，重物都不能提。母亲哭了好几场，年没过好。时建龙在家一直平躺到大年初三，每天下午手淫，换左手还不太习惯，中间有一次没锁门，因为母亲外出了。初四赶制了一篇专栏，还是左手敲键盘，奇慢无比。初五要去医院换药，时建龙才终于迈出门。

换完药出来，突然就饿了，他不愿意回家吃，想找个饭馆解决。溜达了两条马路，鞭炮声没断过，破五，没有一家开门。眼看再走三站到家了，终于碰到家小饭馆开着，时建龙走进去，没客。老板说，吃点啥？时建龙坐下，看着菜单，说，烧茄子，溜肉段。老板说，那不如直接点个肉段烧茄子，都有了。时建龙说，不够我吃，就单点，茄子跟肉段都多过一遍油，大油。老板说，妥了。时建龙说，来碗大米饭。老板说，sorry 了，大米年前刚用光，送米的初七才上班，你来碗面条吧。时建龙说，烧茄子，肉段，必须得配大米饭，否则就是犯罪，你给我想想办法。老板说，没办法，不行你就换一家。时建龙有点儿来气，手机在这时候响了。时建龙接电话，是个女的，上来就问，干啥呢？时建龙说，你谁啊？女的说，你没存我号啊？时建龙反应了一下，说，巩由美？

巩由美带来了两盒大米饭，不锈钢饭盒装的，压得满满登登。巩由美说，怕你不够吃。时建龙说，这事儿丢人。巩由美说，理解，有时候上来那劲儿贪哪口，吃不上就抓心挠肝，不嫌烧茄子油大了？时建龙说，训练停了，无所谓了，你也吃点儿。巩由美说，刚在家吃完饺子，我姐包的。时建龙说，亲姐？巩由美，对，我家就姐俩儿，咱家不在沈阳，本溪的。时建龙说，过年没回本溪？巩由美说，爸妈没得早，就在这边过了，我姐离婚，带着我外甥。时建龙说，也挺不容易。巩由美说，我记得你不是左撇子啊？时建龙说，右手受伤了。说罢脱掉羽绒服，里面还是那件短袖，右臂缠着几圈儿崭新的绷带，视觉上比左臂粗。巩由美说，像敢死队袖标，咋整的？时建龙说，这事儿更丢人，不说了。巩由美说，你这件短袖有啥来头？时建龙说，我爸留下的，他以前是省运动系的足球教练，教小孩踢球，喝大酒，我高三那年肝癌死的。年轻时候自己也是球员，没踢出来，后来又盘算培养我，我更不是那块料，长身体那两年天天练盘带，个头儿还给耽误了。巩由美说，你选择搞健美了。时建龙说，从小到大在运动系的家属楼长大，身边都是搞体育的，以为这辈子就在运动系过了，不喝大酒的话，应该比我爸活得长。我爸死得着急，不然还有门路。他死以后，运动系被体院收了，算中专，新领导上来，不许接班了，门槛儿又提高，想进单位必须有体育特长，资格证和奖项都能加分，我练过别的几样都不行，后来被人带进健身房，才知道搞健美也是条路。巩由美说，想得挺明白。时建龙说，本来还指望开春比赛拿个前三名，完蛋操了。巩由美说，没事儿，你还会写文章。时建龙说，那就是个爱好，吃饭指不上，我妈说，人还是得有个正经单位。

巩由美说，这话伤人了。时建龙说，想多了，没那意思。巩由美说，话没错，但两说，对女人，有个正经归宿更重要。时建龙说，同意。巩由美说，我比你大一岁，王姨跟你提过吗？时建龙说，真没提。巩由美说，嫌弃吗？时建龙说，没所谓。巩由美说，男人嘴上都这么说。时建龙说，人家都说，女大男小好。巩由美说，其实女大男也大，才好。哈哈。时建龙说，咋说？巩由美说，我说那方面。时建龙才反应过来，说，怎么唠着还下道儿了。巩由美说，我发现你不太禁逗。时建龙说，是真没想到能跟你见第二次。

话聊僵了。时建龙闷头把两盒米饭全干掉。还是巩由美提议喝两杯，时建龙没再扭捏。几杯下肚，巩由美说，我觉得你这伤要想长肉快，更得多吃蛋白粉，想试试我的吗？时建龙说，多钱啊？巩由美说，算了，第一桶当我请你，吃好了再回来买。时建龙说，那多不好意思。巩由美说，上我家拿去吧，省得再单独跑，离得近，我姐带孩子出门玩儿了。

4

那次跟巩由美做，只用过一个姿势，男站女悬空。巩由美的臀被单手托起，双腿环绕时建龙的腰，似树袋熊一样蹭着上下，可惜还没爬到顶，树就枯了，三分钟没满。巩由美安慰说，我猜你单手就够劲抱我，肌肉没白练，是紧张了。时建龙没听见，他正努力憋劲想试第二次，低头却只见树苗。

时建龙反思自己的表现，不该出这问题，肱二头肌牵连不到海绵体。想不通，主要还是觉得对不起巩由美，非买下三桶蛋白粉带走。出门前，巩由美笑着说，咋感觉自己像出来卖的呢，你不会等到三桶都吃完再来找我吧？今天没少消耗蛋白质，到家多补两勺。

母亲问起过一次，跟王姨介绍那个人聊得如何，时建龙撒谎说，没有后续。本来年后母亲又从多种渠道给安排了几次相亲，时建龙都找借口躲掉了。天气渐暖之际，时建龙去医院拆线了，母亲竟也不再提相亲的事，原来是动迁的消息下来了，这回确凿。母亲的精气神一天赛一天，甚至是亢奋，日日拉着一帮老邻居，都是运动系的家属，去拆迁办堵门，逼问一平方米还能给涨多少。白天，只剩时建龙独自在家，黄网登得更勤了，但主要目的不是释放，而是研究，他想测试自己盯着金发女人们的图片还有没有反应，结论是没有，换成日本的，审美亲近些，还是不起作用。时建龙意识到，这件事严重了。

中间某天，巩由美来过一个电话，邀时建龙去她家里吃饺子。时建龙在电话里问，你姐跟孩子在吗？巩由美说，当然不在，我自己包的，韭菜鸡蛋。时建龙犹豫了几秒，说，今天算了，有点儿私事。巩由美说，你有负担了，来了也不用买东西，我不干那个了。时建龙说，为啥不干了？巩由美说，下次见面再说吧，饺子我自己吃了，拜拜。

时建龙回避巩由美，是计划好去三好街找体委。他跟体委要了十张黄片，五张欧美，五张日本，他想再试验一次，是不是动态的比静态的管用。体委说，还是你身体好啊，这些够使一阵了。时建龙说，回家蹦操了吗？体委说，蹦了，马华起得太早了，我也跟着早起，蹦完就饿，早饭吃得比以前还多，一礼拜后上秤，胖出五斤，妈的。时建龙说，我是问你身体咋样了。体委说，我还真去北陵男科查了，说没啥毛病，是心里有问题，我心里能有啥问题？哈哈。

回到家，时建龙迅速把盘插进电脑主机，目不转睛地盯着显示屏。画质不行，还总卡，声音跟口型都对不上。时建龙紧张感受着下身的反应，连换三张盘，仍旧毫无动静。时建龙的脑子乱了，从此他就要担心三件事了，千年虫，肱二头肌，海绵体。恰逢此时，母亲突然开门进家，时建龙晃了个神儿才回过头，母亲的目光正无处闪避。

母亲关在自己屋里哭，时建龙敲了两下门，进来坐在床边，想等母亲先开口。母亲抹了抹泪，说，小龙啊，你要是有啥想不开的，就跟妈说，妈是过来人，都能理解。时建龙沉默。母亲说，对象你要是不愿意找，妈不逼你。时建龙仍无声。母亲说，今天拆迁办回信儿了，每平方米再涨五百，咱这块位置好，一平三千八，不少了，我本来想等款到手，再添点钱，换个大房子，写你名。时建龙说，不用。母亲说，只要你结婚那天，还愿意带我过就行，你要不愿意，我就搬出去租房子。时建龙说，妈，我跟你过，就咱俩，别哭了。母亲说，小龙啊，妈老了，累，以后你自己多替自己操心，行吗？时建龙说，妈，你还记得当年我爸火化的时候，我进过炼人炉那个后屋吗？母亲说，真不记得。时建龙说，当时你哭得太厉害了，别人一起在外面搀着你，等我爸骨灰出来。结果等了四十多分钟，我爸还没炼出来，有人就开始急了，我去后屋敲门想问问，里面一个老头儿开门，穿件破烂白大褂，啥也没说，直接领我进屋了。老头儿问我，是直系亲属吗？我说是，儿子。老头儿走到一个炼人炉后面，半蹲，打开一个收音机大的小铁门，招呼我也蹲下，透过小铁门，能看见火烧得很高，我爸成了个焦黑的人形，烧成那样了，轮廓还是不错，肩宽，身子长。母亲说，你真的看见了？时建龙说，真的，老头儿还把炉钩子从小铁门伸进去，刨我爸的身子，一钩子扒拉下两块。老头儿说，让你看啊，不是我干活儿慢，是你爸禁烧啊，快一小时了，形还不散，少见。我问他，确定这是我爸？老头儿说，不能有错，今早就你家这一炉，你要不自己试试。炉钩子递到我手上，当时我都不知道咋想的，也没犹豫，就顺手钩了一下，钩中了我爸的三角肌，就一下，整条肩膀就掉了，变成一摊黑灰。老头儿说，还得是亲儿子给面儿，你爸活着时候是个犟种吧？我心想，直到我爸死了，我也不清楚他是个什么人，但他不喝酒的时候脾气更好是真的。你说呢？

时建龙讲完了，天也黑了。母亲说，这些你从没给我讲过。时建龙说，有段时间都忘了，最近做梦又勾起来的。妈，健美我以后不搞了。母亲说，别啊，小龙。时建龙说，想搞也没戏了。他撸袖子弯起右臂，说，你看这几道疤，太显眼，健美最忌讳身上有疤。凡事掌握个度，有个好身体就够了，人不是千年虫。母亲说，啥意思啊？时建龙说，等我进炉子那天，比我爸还耐烧，就算成功。母亲说，小龙，别说这话，妈害怕。时建龙说，妈，你不用怕，你有我呢。我不用别人。还有，说了你可能不信，刚才不是我，是电脑出毛病了，千年虫搞的。母亲不说话。时建龙说，真的，电脑坏了，反正也用不了了，我想给退回去，退的钱我想先拿着，出国旅旅游，法国，意大利，都去看看，等回来再想办法把钱还你，行吗？母亲说，去吧，走一走挺好，不过退电脑的钱，出国可能连机票都不够。时建龙低头想了一下，说，那我就在国内走走，坐慢车能省钱。母亲说，也好。

5

时建龙第三次见巩由美，三桶蛋白粉剩一桶半，再没动过。巩由美本来还是叫他去家里，但时建龙提议改到肯德基。两个人坐在靠窗的小桌，各自手捧一杯可乐，时建龙吃了三个鸡腿堡，还没饱。巩由美说，你胖了不少。时建龙说，放开吃了。巩由美说，你那本杂志，我看了，笔名叫“阿喀琉斯”那个是你吧？那期写巴黎凯旋门。时建龙说，你咋猜的？巩由美说，我查字数了，988 个字，你说过你写一千字的，其他文章都长。时建龙说，在哪儿看见的？巩由美说，在一家出国中介。时建龙说，你去干啥？巩由美说，我要去美国了。时建龙说，美国大了，哪个城市？巩由美说，底特律，我姐给我介绍了个男的，是她自己的小学同学，比我大几岁，离婚，在美国混得还可以，自己有个装修队。时建龙说，人你见过吗？巩由美说，在本溪的邻居，打小就暗恋我，全院儿都知道。时建龙说，你还挺有魅力。巩由美说，现在老了呗。时建龙说，也不耽误。巩由美说，我跟你说个秘密啊。时建龙说，听着呢。巩由美说，那次你去我家，其实我是挺想跟你好的，但咋说也不能让我先开口，你是男的，可是你一直也没动作，我就把念头给掐死了。时建龙说，是吗。巩由美说，你还是不信。时建龙说，我信。巩由美说，我就想说，我真不是那么随便的人，你懂吧？时建龙吃完第四个汉堡，吸了一口可乐，说，那我也跟你说个秘密。巩由美正襟危坐，说，好。时建龙说，你知道我咋能把啤酒瓶子夹碎的吗？巩由美说，有技巧？时建龙将空纸杯夹在肘间，又从裤兜里掏出一个小钥匙链，银色金属制，菱形，单面带尖，把尖朝上垫在肱二头肌与纸杯中间，模拟着当初那个令自己受伤的动作，说，没技巧，我玩儿赖了。

告别之际，巩由美主动给了时建龙一个拥抱。时建龙有些不习惯，拍了拍，送巩由美上了出租车。全天第一件事完成了，时建龙还给自己安排了另两件事，春暖花开，忙碌起来。第二件事，时建龙要去找体委收退电脑的钱。上次打车把电脑运回去的时候，体委忘带钱包了，说好退六千，比市面上收二手电脑的又多给五百。骑车去三好街的路上，时建龙突然想出下期杂志该写哪里了，美国还没写过，应该从纽约跟芝加哥开始。想着想着就到地方了，体委正趴在自己柜台的电脑上打游戏，《仙剑奇侠传》，一个男的跟三个女人谈恋爱，难免沉迷。体委说，你要是因为缺钱，可以跟我开口，卖屁电脑呢，不值。时建龙说，下个月我要出门旅游，路线都定好了，等回来再请你喝酒。体委说，我这现在连马华蹦操的盘都有了，再也不用跟中央台一起早起，随时随地，想蹦就蹦。

第三件事，是掉头去健身房为李戈庆功。身上揣着六千块钱，时建龙骑得有些慢了。

华新杯健美先生大赛，已经在两天前落幕，李戈得了业余组 65 公斤级第三名。时建龙自从受伤，再也没去过健身房。前天晚上接到李戈电话，时建龙还在犹豫，不是因为嫉妒，只是他没有心情再走进健身房，那里已经不属于他了。但是当时建龙再次踏入健身房的一刻，迎来的却是久违的拥戴。十多个男人，有老有少，都尊称自己一声“龙哥”，这里面有四五个他都带过，真正出成绩的，就只有喊的最大声的李戈。那个生面孔也在，两个月过去，也算是运动系家属的一分子了。气氛挺不错。时建龙笑了，这又看见健身房的东南拐角处，平添了一张折叠桌，桌上堆满啤酒、饮料、两盘柑橘，还有一袋旺旺大礼包。样样都是胖人的。时建龙主动握起李戈的手，说，祝贺你，戈子。李戈也用力握着手，说，哥，感激你啊。时建龙指着桌上的饮食说，也别太放肆了，还得坚持下去。李戈说，放心吧，就今天例个外。我在运动系不用干保安了，教员资格够了。时建龙说，替你高兴。生面孔也走上前来，对时建龙说，龙哥，还是你教得好，服了。时建龙又笑了，但没说话。

所有人围在桌旁说笑的一幕，令时建龙有些感动，又突然想要远离人群。他独自缓缓踱步来到杠铃架前，杠铃的杆心向上弧，时建龙数了数片重，一共 140，不轻，撅的。卧推能到这个水平，那群人中也就不到两个，是谁呢？他自己的保守重量也是 140，刚好是以前体重的两倍，现在胖了。极限是 150，再高手，也不敢轻易推自身体重的 2.2 倍以上。时建龙下意识地脱掉羽绒服，只着短袖躺到卧推凳上，向上蹿蹿，双目连线与杠铃对齐，两手开握，深吸一口气——

起！一个！

起！两个！

起！三个！

——保守重量，三个结束。尽管受伤的肱二头肌痛感明显，但这么久没练，实力尚在，时建龙心中一阵狂喜，几乎蹦着起身，毫不迟疑地又拣起两片 5，杠铃片穿进杆子的动作，形如男女之事，不只是体委说口中的合适，根本是严丝合缝！时建龙再次躺下——

起！一个！

起！两个！

——极限 150！两个到头儿了。这次时建龙平静许多，躺着长吐一口气，心中遗憾着那帮人谁也没看见，拐角处视线有遮挡。肱二头肌疼得更厉害了，刚刚第二下，跟当初被玻璃碴子划破的瞬间有同感，不太妙，但时建龙在那一瞬间想开新的问题，阿喀琉斯怎么能像李戈呢？明明是自己！阿喀琉斯之肱二头肌，命定之殇。时建龙站起身，喘着粗气注视着面前的杠铃架，似一道窄门，正在朝远景后移，非但没小，反而越远越雄伟，大概是缺氧眼花了——凯旋门又能比这壮观多少呢？未必见得。时建龙再次拎起两片 5，庄重地穿进杠铃，杆子又撅高了些微。160，新的纪录。躺下，吸气，握紧——起！——尚未推至顶点，肱二头肌已似从内部被烧着，整条右臂有如被折断，整个身体被拆散，仅此而已了吗？时建龙问自己。他的眼前一阵发黑，在杠铃有意识般地自由落体之际，那团黑色逐渐变幻出了形状，似一条蚂蟥，二十多年前就已经跟时建龙认识。时建龙对它有话想说，却毫无气力，他想借腰力重新将整个身体顶起，旧伤却在此刻复发，竖脊肌疑被扯断。此时，那条蚂蟥再次幻化，这次成了人形，时建龙猜，那应该是父亲，炉火中燃之不尽的男人。半秒钟后，有个声音在时建龙的耳膜中响起，那是从自己胸腔传来的一记脆响，与此同时，他又感到下身有一股温热涌上，满溢，整个人被这种舒适四面包围，似极了被那双长腿环绕的瞬间。杠铃在时建龙的胸骨着陆，呼吸被截。大大小小的杠铃片，滚落在地，巨响引来的第一个人是李戈，他从拐角跑向杠铃架那一刻，第一眼看到的是时建龙鼓鼓囊囊的裤裆，一株小树正在他的两腿中间勃然生长，仿佛要冲破一切阻挡。

千年虫的形象
理应更接近蚂蟥，
它们同样无法被杀死，
一个反噬时间，
一个无视痛楚，
都可以成为人类的偶像。

from《凯旋门》

北方天使

文｜春树

过年终究是需要发红包的。坐在饭桌前准备看春晚时，我妈喜滋滋地叮嘱我，一会儿务必在家人群里发个红包。别发太多钱，二三十就行，随后又进了厨房。我弟正在他屋里打游戏，我一边看手机的朋友圈，一边看电视。好几年没回国过春节了，这春晚，甭管多俗，我都是要看的。

“哎，快抢红包啊。”我妈系着围裙，又从厨房蹿了出来。

“好……”我拖着尾音，哎，抢不抢的无所谓，为了喜气，抢吧！

“别忘了发个红包。”我妈又嘱咐我一遍。

我赶紧在群里发了个五十块钱的红包，一下子就被抢光了。

“你三姨抢得最多。十五块八。哎，你舅舅也不错。哈哈哈。”我妈乐得要命，我弟鄙夷道，“真无聊。”

“哎哎，别这样，”我喊，“陪着玩儿会呗。”

正说着，我妈接了一个电话，用山东话说了几句，什么“她不在啊，在人家里啊，可能过几天过来”，我就问是谁。我妈说，你小姨父，找你小姨。

再问才知道，小姨正在北京一户人家里看孩子，当月嫂，过年也不休息，出了十五才能完工。

初一，我收到小姨给我发的一个红包，我以为是那种十六块八、八块八、六块六、十二块八之类的小红包，打开一看，是六百块。吓我一跳。

我问小姨，怎么给我这么多。她说这是给馅饼的。

馅饼是我的儿子。

那个下午，不知道为什么，收了这个红包，让我坐立不安，似乎这六百块钱不是通过微信收到的，而是沉甸甸的一摞钱，手把手递给我的。我甚至感觉到了这钱的重量，从手机里直接传递到了我的手心上。我笑自己，六百块钱，为什么这么在意。在国外，轻而易举买买菜吃吃饭就能花掉六百块钱。北京现在物价也高了，出趟门也要花不少钱。就连我的一件衣服，通常也不便宜。

我左思右想，坐在床头，点了根烟。一边抽烟，一边泪就淌了下来。

小姨从大学放暑假回来，帮她姐看孩子。孩子才六岁，刚上一年级。

孩子就是我。

她一边在院里洗衣服，那边晾着白色的床单，收音机里放着音乐，从大开着的窗户传了满院："你从哪里来，我的朋友，好像一只蝴蝶飞进我的窗口……"

小姨黝黑健美，个儿比我妈稍矮一点，正在省里上农业大学。她每年寒假暑假回来，有时候住我家，有时候住姥姥家。姥姥家一共六个孩子，我妈是老大，下面四个妹妹一个弟弟。我舅舅正在上高中，住姥姥家，小姨上大学，其余的都嫁到了附近的几个村，离得最近的也就是我妈了。

这次回来，小姨给我带回一个洋娃娃，这是个稀罕物，村里没几个孩子有洋娃娃的，晚饭后，几个耍得好的都来了我家，每个人都要抱一抱。

我们谁也没见过这个漂亮的东西，她们几个都很羡慕我。小姨让我搂着洋娃娃，在我家的蔷薇花下给我拍了几张照片。我的嘴里还嚼着小姨带回来的口香糖。除了家里开百货店的明丽，没有谁比我更洋气了。朵朵也来了，她也抱了洋娃娃。

我经常去找朵朵玩，平时没人理她，我就经常找她玩，我们离得近，她家就在我家前头左手边上。

她跟爷爷一起住，她爸喝酒喝死了，她妈改嫁，听说在山西，离得老远，一年到头也回不来一次，撇下她跟她爷爷两人过。她爷爷没钱，

她一边在院里洗衣服，那边晾着白色的床单，收音机里放着音乐，从大开着的窗户传了满院：“你从哪里来，我的朋友，好像一只蝴蝶飞进我的窗口……”

是个枯干老头儿，爱侍弄花草，无论啥时候上她家，院里都有正在开着的花。他们的日子过得特别紧巴，他们家连电灯都没有，安不起。我妈说，他们家一个月才用二两灯油。朵朵的衣服从来都没合身过，都是东家西家送她的。她也不爱干净，有点野，爱跟几个小子一起玩，在班上也不好好学习，学习成绩差，叫人嫌弃。住在她家东头的雪莉妈总是说这小嫚儿，够皮的。

小姨很时髦，她烫了个爆炸头，还穿了条黑色健美裤，她性格火辣，跟人说话也爱吵吵，爱笑爱闹爱玩，有时候我妈跟我生气时就会说，你这脾气，赛你小姨！

我也就不说话了，小姨还是全家唯一一个考上大学的。

有时候更是说我性格随我奶奶。我奶奶跟我妈不对付，两家挨着，可俩人性格脾气不投缘。我妈总是跟我说我奶的坏话，所以当她说我性格跟我奶一样时，我也只好闭嘴认输。

我去朵朵家找她，说咱们一起去俺姥姥家洗澡吧。她高兴地说好，大半年没洗澡了。我姥姥家就在村东头，走几步路就到啦。沙路也被阳光晒得发烫，我们的塑料凉鞋都要晒软了。姥姥早就在房前的水泥地上给我晒了一大盆水，滚烫的阳光晒了一上午，正好能洗澡了。我用手摸了摸水温，暖和极了。我先跳进了水盆，洗了一会儿，自己出去了，才让她进来。她盯着我的腰看了半天，诧异地说，你这皮，怎么这么黑。我一看，果然，腰上比身上其他地方还黑。我嘿嘿笑着，说我本来就黑。再一看朵朵，细皮嫩肉的，白得像牛奶，阳光下头发竟然像金子一样闪亮。真看不出来，她在那些破烂衣服下面居然藏着这么好的一身皮肤。我隐约觉得，朵朵是个灰姑娘。

洗完澡，我们又一人摘了一朵蔷薇花，手里拿着嗅。

朵朵突然对我道：你知道吗？这个可以塞进那里，香香的。

我就学着她，把花瓣揪下来，塞到尿尿的地方。没一会儿，就想尿尿，花瓣全掉了。我们看着彼此的脸，突然一阵大笑。我忍不住跟小姨说了这件事，小姨刚开始还忍着，后来就哈哈大笑，说我们真是小女孩儿。

我问朵朵，你想不想你妈。她说想，咋不想，俺娘说春节回来，她再不回来，俺都记不清俺娘的模样了。

冬天，我的记忆里是我和我妈一起吃饭的画面。那时候，我妈做好饭，就叫我上厨房一起吃饭。一个小木桌，两个小折叠椅，灯光下我俩头挨着头，一盘炒白萝卜，一盘炒土豆，一碟白菜帮子当咸菜，两个馒头，我还特别爱喝我妈熬的花生碎米粥。

吃完饭，我又上炕写了会儿作业。睡前，妈把明天我要穿的衣服都拿上炕边，压到被下面，明天早晨起来衣服就会暖烘烘的。睡前，我又吃了一个苹果，也是我妈提前放在炕上暖和过的。

早晨起来窗上结满了冰花。赶紧起来穿衣服，喝碗粥，就着馒头吃几口，妈妈又给我递来一杯麦乳精，然后我们就分头出门。我去上学，她去乡上上班。

我常跟二妮、明丽、娟娟、云姿一起结伴上学。有回正爬坡的时候，明丽看二妮脖子上一层灰，笑她多久没洗澡了，大家都笑，二妮不好意思地说，“挡风，还暖和”，正好一阵风吹过来，漫天的黄沙扬了起来，我们一边笑一边捂着鼻子，就快要笑岔了气。二妮和明丽是一家人，长得不像，明丽长得漂亮，二妮土气，别人都偷偷说二妮是他们家里抱来的，两人倒是很好，老是在一起，衣服也看不出来谁的新谁的旧。

每年冬天，我家外面的放柴火的棚子，都会来一个疯子。她一身黑衣服，破破烂烂，大老远就能闻到一身臭气，看不出年纪，有时候觉得她六十多了，有时候觉得也才三四十。脸上都是黑灰。她窝在我家的棚子里，似乎要在这里过冬。我听我妈跟街坊邻居聊天，她们都说要把她轰走，要不然她就赖在这里不走了。我妈不忍心，天寒地冻的要她上哪去啊。还给了她一条旧被子。她家在哪？为什么出来流浪？她没有父母吗？这种日子怎么过得下去呢？我有一百个疑问，没有一个能得到解答。

天儿好的时候，那个疯子就出来晒太阳，跟一个少了鼻子的村里老头儿坐在一块儿。那个老头的鼻子没了，鼻子的位置只剩下两个洞，看起来怪吓人的。到底是什么病？我完全不知道，也没有问过大人。

他们静静地坐着晒太阳，无话，倒也相安无事。

星期天，有时候我上我妹妹家，有时候我妹妹过来姥姥家。她家离着我们村有两里地，那个村比我们村穷。村里的地也坑坑洼洼，常年积

水。我姨夫是电工，脸长，黝黑，一笑露出两排白牙。

我妹带我去地里，我们走到村头的大路上，看到一个比我们高一点的男孩，她跟我说，他很快要上北京了，家里人在那里。他手也不好，有六指，好像要给切了。我攥紧我的手。我的右手大拇指，也跟别人不一样。从小我就知道。我妈也要带我去北京做手术。她带我上去，跟那个男孩打了个招呼。

“你要上北京？”

“嗯。”那男孩有点羞涩，没有再多说什么。

我们便走了。二姨和姨父正在地里忙活。

爸爸是严厉的。他也只有在寒假和暑假才回来，有时候还不一定。每次回来，他都会带两袋巧克力，一袋黑色的，一袋白色的。我总想多吃几块，他就嫌弃地看着我，知道我无法抗拒巧克力的诱惑。

每次他待不了多久，就又回北京了。我也不知道他在北京具体干什么，只听说在当兵。

村头的小军跟我吵架时说，他二舅是警察，我说我爸是解放军，两人争了半天，也没争出来谁更厉害。

我还会弄混，解放军跟警察，是不是一回事?

我的脑袋想不清楚这些事，只知道我爸不在的时候，我也没少什么。还有我妈，我姥姥，我妹妹，还有很多姨姨和姨父。我表哥波儿也住得近，就在我家前头。另一个表哥在西边的村儿，离得远，就没我和波儿哥感情好。

朵朵的妈真的回来了，脸涂得很白，大红口红，真时髦。我们都替朵朵高兴，她妈要在外面过得好了，不也能多给朵朵点钱，让她和爷爷过过好日子吗？她没待几天又走了，又留下朵朵和爷爷相依为命。

第二个冬天，有天晚上，小姨跟我说，晚上你去姥姥家住吧，你妈要……生孩子。

第二天我下学回家，看到我家院子里的小沟渠中有条淡淡的血水，已经结了冰。吓了我一跳。我不知道生孩子还要出血。

弟弟长得很瘦小，我妈很心疼他。她跟我说我奶的坏话，我奶说："这孩子看起来太小了，怕是养不大。"

听得我也很生气，就好几天不给我奶好脸色。

我有了个弟弟，我一点感觉都没有。别人家都只有一个孩子，雪莉妈就是管计划生育的妇女主任，她跟我妈也挺好，这事不知道她管没管。刚开始有点担心，有了弟弟，我妈会不会就对我不好了？村里的娟娟就是，她瘦瘦小小，也不爱说话。每次碰见她，她总是背着她弟弟。听说他们家打她，对她不好。要是有人问她，你们家对你怎么样？她就一脸不高兴。

好在我妈对我并没有什么改变。只是她忙了不少，有很长一段时间，我只能跟小姨一起睡在西屋的床上，小姨回城上学了，我就自己睡在西屋，晚上冷，只能在被窝里放个暖水袋。我妈和弟弟睡在东屋的炕上。

一岁多时，我爸回来带我弟去北京上托儿所，家里又只剩下我和我妈两个。我又可以跟我妈一起睡床了。

妈带我去北京看手。我们是坐着她厂里的卡车去的。配件厂要去北京跑业务，顺便带上了我们。到了北京，去医院，拍片子，医生跟我们说，孩子年纪还小，以后骨头发育好了再决定吧。

我很失望。我妈想安慰我，就带我去喝酸奶。那条街旁边就是北海公园，离我爸的部队很近。街上有一个室内的菜市场，里面有北京瓷罐酸奶。我喝完一瓶还要喝，我妈就不让我再喝了。

上课的时候，我还会只举左手，不让身后的人看到我的右手，我的大拇指跟别人不一样，多了一块，像个小元宝。

“这是妈给你生的记号，怕你走丢了。”我妈这么告诉我。

我身上还有两块胎记，“那也是怕你走丢了。”我妈说。

“没事儿，不妨碍吃不妨碍喝，你就想，你跟别人不一样。”小姨跟我说，“我个儿还矮呢，我原来也有点介意，后来我就想开了。”

我头一次听到，原来跟别人不一样也可以不当回事。

我羡慕起那个在我妹村头儿遇到的男孩，他肯定已经做了手术吧？那他以后就跟正常人一样了。我还不知道什么时候，才能跟正常人一样呢。

我再也没有遇到过他，也许他已经到北京上学了。

北京，在我的印象里，有好吃的好玩的，也有好看的。就是没有我们这里风景好，看不见山，看不见河，也没有这么多玩伴。我渴望上北京上学，大人都跟我说，我过几年就要上北京了。三姨跟我说，上了北京，你就能跟你爸爸在一起了。你们全家就要团聚了。“你上北京前，我给你买个新的铅笔盒。”我有一点期待，可我现在也很好，“有你们啊。”我说。

我期待着新铅笔盒。肯定是全自动的那种吧，塑料的，有个吸铁石，打开以后，什么都有，铅笔、橡皮、尺子，每种文具都有专门放的空间。

不知道为什么，我去北京的时间又往后推了一年。再过一阵儿吧，过一阵儿再上北京。我妈已经去了北京，我在姥姥家住了半年。

1992 年的春天，我九岁了。姥姥带我摘槐花，她旁边的老太太，我得叫姨姥姥。

“明明多大了？”

“有九岁了。”

“啥时候上北京？”

“可不说，快了啊，没几个月了。”我听着她们说我的事，像听着别人的故事，我发现，一个人对于自己的未来，毫无掌控力，只能由着别人决定。就比如什么时候去北京，去不去北京，都由不得我说了算。如果要我自己选，才不想去北京。就留在家里多好，有我妈，我姥姥，我的姨姨，这样的生活多好啊。可我也想要三姨送我一个新的铅笔盒。

晚上我就吃到了槐花饼、槐花包子，是小姨和三姨帮着一起包的。

朵朵听说我要走了，晚上来了我姥姥家。姥姥姥爷都让她留下来吃饭，吃完饭，我们坐在房前，听着蟋蟀叫的声音。一想到我走了，朵朵又没人玩了，我就有点怅然。天很蓝，偶尔传来几声犬吠。朵朵跟我坐了一会儿，也就走了。走之前往我手里塞了个东西。她走出大门，我才打开，是一块橡皮。我举起来凑在鼻子边闻了闻，一股蔷薇花的香味。

我去北京前的那个晚上，吃完饭后，我刚钻进蚊帐，就看见三姨神秘兮兮地向我走过来。她轻轻地将蚊帐拉开一条缝，说有话要跟我说。

“这是三姨送给你的铅笔盒，你以后到了北京，要好好学习。好好照顾你妈妈。”我赶紧坐起来，把身子伸出蚊帐。啊，是个铁的，不是塑料的，我大失所望。但我不想让三姨看出我的失望，就“唔唔”地应承着。“快躺下吧，赶紧睡吧。”三姨摸了摸我的头发。我又钻回蚊帐，带着对明天要上北京，要见到父母和弟弟，要开始新生活的期待，很快就睡了过去。

到了北京，我开始了新的生活。我的“家”从一个大家族，缩小成为我、我妈、我爸和我弟四个人。大多数时候，都是我和我妈在家住，我爸带着我弟住军营，周日我们再相聚。我生活的空间缩小至家和学校，以及周日的军营。我的农村、我二姨家、四姨家，都变得可望而不可即，只能在每年寒假或者暑假再回去了。

如今，我的地理位置换成了柏林。奇怪的是，老家好像没离我远去，反倒时时让我想起。每当累得不得了的时候，我躺在床上，浮现出的是童年小时候在农村，我家院子夏天的夜晚，小小的蔷薇花爬在墙上，风吹来，呵，眼前就仿佛掠来一股风。

每当累得不得了的时候，
我躺在床上，
浮现出的是童年小时候
在农村，
我家院子夏天的夜晚，
小小的蔷薇花爬在墙上，
风吹来，呵，
眼前就仿佛掠来一股风。

from《北方天使》

岛屿的另一侧

文 | 张玲玲

姐姐，这几天又想起你。梦里一切都没过去。我们像在天台的塑料棚屋，楼下人来人往。起先我以为外面在下雨，后来发现雨下在棚内，床、衣橱、椅子，都漂浮起来，你坐在椅子上，好像会随之飘走，只是门窗紧锁。

那把载着你的椅子，最终只是撞着，撞着，徒劳地撞向四壁。

叶晨公寓周围近来正修建新楼，夏季结束，停滞的工期重又运转。从夜半到凌晨，租客们总能听见钢材和脚手架的沉重撞击，深为其扰，她的睡眠也总被几次截断。

梦跟叶怡相关。但她们在哪里？又在做什么？

五点刚过，窗外漆黑，初秋寒意迫近室内，叶晨一人枯坐，忽然反应过来，那种刻骨的痛苦，凝结的悲哀，除了葬礼，不可能是别的。

叶怡去世已经四年，但去世前两人联系也少得可怜。2014 年 6 月 7 日上午十点，叶晨接到姑妈打来的电话。前一天她修改会议方案，熬夜到凌晨三点，听完噩耗，没做反应。到办公室后，她洗杯泡茶，坐在桌前，等电脑开机。系统运行缓慢，黑屏持续了三四分钟，她蓦然意识到，叶怡是真的不在了。

如今叶晨很少跟人谈及表姐叶怡。但叶晨六岁到十四岁间，两人曾亲密无暇，长相也相似，某些场合还会被外人搞混——叶怡左眼偏中，鼻梁扁塌，皮肤黑黄；叶晨眼睛稍圆，间距正常，但也黑肤塌鼻，男孩短发。维系亲密的一条纽带，是叶晨母亲带回的各色童书。当时叶晨父母婚姻已到末期，无暇他顾，只能倚靠书籍消耗女儿的时间。镇上只有一家书店，课外读物有限，那些书籍尤显珍贵。

叶怡家境困难，虽比叶晨年长三岁，却只能捡读叶晨剩下的书籍，玩她残破老旧的金发芭比，但胜在年长。是她跟叶晨说，去拍证件照，要提前穿带领衬衣，不要穿照相馆里那件侍奉过多人、领口早就发乌的衬衣;领子要自己整理,不要让老板动手——“他会在你胸上摸个不停”;是她教会叶晨夏季洗完澡,身上涂满洗发水,以手当桨,在地砖上滑行——后来叶晨才知道,这个行为有多怪异,更怪异的是,她的性启蒙居然也来自表姐。至于叶怡的性知识又是从哪里习来?叶晨母亲扔在墙角的台湾言情小说,客运站买来的旧闻杂志,还是学校少男少女亲密而下流的私语?叶晨从没弄清。叶怡在人事上的早熟跟其在学习上的迟钝成正比,她能迅速判断一对男女是否情愫滋生,却分不清一张扇形统计表里,单体数量和总量之间的关系。叶晨恰好相反——无论如何,这些知识弥合了二人间的不平等。

而她们能这么肆无忌惮地学习,是因为那时家里只有她们。叶晨父母在东莞工厂打工,叶怡父亲先在昆山做建筑,后四处打零工为生,剩叶晨祖母独守老宅。她六十八岁那年患上白内障,拖着没做手术,晶体从灰白混浊变成深棕黄,彻底失明,照看两个孩子无能为力,叶怡随便扯两句大话,都能搪塞。加之镇上新开一家精工纺织机械工厂,传说普通工人月薪即可达八百到一千,众人都转去工厂碰运气。叶怡父亲落选了,不是因为多年前的一场肺结核,而是因为驼背,但叶怡母亲进了工厂后勤,一个四十来岁的大师傅掌厨,她负责买菜洗碗。

那是 1994 年的事情了。叶晨那年的夏天回忆,跟一辆雪糕车相关,叮当的铃声和沙哑的叫卖意味着一车甜蜜的临近。她和叶怡总会央求祖母买上两支。祖母虽然目盲,但总能揭开层层包好的手绢,摸索出一小札卷得紧紧的纸币,准确找到两毛钱,跟那传说在对越自卫反击战里瘸了一条腿的退役兵买上一支橘子味或赤豆味的雪糕。叶晨和叶怡多半不舍得立即吃,放在搪瓷缸里,等到融成甜津津的糖水,才小口嘬完。叶晨对叶怡最原始的爱恨也跟这些罕缺的物质相关。

过了一年,镇上起修第一条水泥马路。修路工砍去树木和庄稼,碾平泥土,铺满沙砾,浇上沥青,与 86 号县道相连。公路也渐拓宽,但却罕见车辆往来，偶尔过去几辆，也多为底部刷着红漆线条的公共大巴、装满水泥的运输货车，卷起一阵烟尘。倘若开去一辆黑色桑塔纳 2000，低头干活的人，多半会直立身子看着它们，直到消失于视野。道路带来新机遇，也带走旧营生。造房子的人逐渐变少，大约有远见的都去了城里买商品房。叶怡父亲终日无所事事，起先只是顺手将道路两旁刚刚种起、东倒西歪的柏树扶正，后来却变成正务。自家黄皮柿子和新嫁接的桃树因缺乏照料而营养不良。一天两人放学回家，正好遇到叶怡父亲在路边种树，佝偻，瘦小。一辆运沙车快速经过，两人站到路边避让，叶父的身影很快被尘土掩盖，叶怡大声说长大要离开小镇，去哪里都行。这是她第一次跟叶晨提起离家，叶晨说，不想出去，想留在老家。谁知道呢。也许只是想跟表姐以示区别，对故土以表忠心，但真正背叛和远离小镇的人却是她。十七岁时，叶晨一心离家远行，如今想起小镇倒泪光盈盈，也许只是到了一定年纪，在任何处境中都已成为不折不扣的异乡客，只能回溯寻源，以明确自身位置。

去年因拆迁之故，老宅不存，所幸余物也不多。叶晨把一本相册带回南京。相册老旧，铁圈和胶圈松开脱落，她不得不将其一一取出。她父亲每页用便笺纸都写上具体时间和地点，这样看去，一本相册，宛如一本家族编年史。她发现在祖父母一张树下合影底下，夹着一张叶怡穿红色斗篷骑马的照片，皮肤黝黑，脸向上昂起，帽檐阴影落到鼻基底，她抿着嘴，看起来又勇敢，又坚毅。旁边叶晨父亲用一张浅绿色便笺纸写下：1999 年 10 月，文峰公园摄。成年之后，叶晨才明白骑马者都得穿着紧身马裤，黑色马靴，但当时她们却以为披上红斗篷、戴上黑帽就像是在草原上驰骋。

那会儿叶怡十八岁，正读高三，叶晨初二。国庆假，两人难得离镇，揣了二十块钱，坐大巴到市里。逛过一圈南大街，叶怡怂恿叶晨去濠河边一家 KTV，但叶晨死活不肯。两人看看时间，不到两点，回家尚早，沿青年路走了半里，买票进了文峰公园。公园很大，怡桥桥头立有二十八只石狮。她们听人说每只形态各异，但细瞧后发现也非如此。经过最外圈的碰碰车和游乐场，就是大片养护不周的草皮，草皮边站着一匹无人问津的老马和一个穿解放衣、带袖套、五十来岁的男管理员，说，走一圈，拍张照，两块钱。两人大有兴趣。叶怡骑了上去。马缓步徐行，她尖叫连连，过了一会儿，从马上下来，一言不发，将照片赠予叶晨。半个月不到，叶晨父母关系彻底崩塌，母亲只身留在东莞工厂，和一个比她年轻七岁的惠州男子同居。父亲一人回到老家，颓然一个月，在中远船舶厂找到一份修理工作。2000 年 8 月底，叶父认识同厂的岳佩英。岳佩英年长叶父三岁，有一子，小叶晨一岁，前夫五年前去银川出差，坐一辆丰田普拉多从贺兰农牧场返市区途中，遇到车祸，留下一套位于启秀区三室两厅的房子。叶父跟岳佩英结了婚，搬到市区，叶晨也转学去了市一中，表姐妹两人就此分离。

叶怡赠照是对变故有所预见，还是仅仅作为叶晨不能上马的补偿？叶晨后来才意识到那年是一个重要节点，变故是全方位的，无法以好坏简单衡量。叶晨升至高中，发现这是另一个复杂新世界，未成年人也可能恶不可堪，阶级分野就在看似平等无差的桌椅间，食堂也会是最大的集污地。从菜汤里打到蚯蚓，众人皆镇定自若，将泡大的虫子挑出，丝毫不受影响。叶晨常处于一种匮乏和被轻视的屈辱，想起叶怡当时每个月三百块钱生活费，需应付大小开支，加上姑父一家家底，很难及时拿到，为学校少数几个衣服和鞋子都有破洞的人，但却从未抱怨，导致她以为高中跟初中一样，是一场又一场清甜快活的梦，究竟是叶怡更能忍耐，还是她鲁钝不察而已？

她对叶怡高中的唯一印象是一段初恋。叶怡暗恋的是坐在最后排、叫曹均的男生。整整三年，两人没怎么说过话。高考毕业，叶怡 376 分，距离专科录取分数还差一百多分，交不起学费，无法继续，去理发店当学徒。那时很多女孩都这么选择，学艺地是苏州、常州或者南京，但叶怡只能留在镇上。曹均考上长春航空航天大学。去学校前，他忽然往叶怡家里打了一个电话，说 8 月 21 号去报到，火车十二点半会在上海站停四分钟。叶怡家当时尚未安装电话，出于虚荣，她写了邻居家的。邻居隔了几天才转达，差点误事。叶怡穿了件背带裙，乘坐六点半大巴，从江苏赶到上海，换乘四十分钟地铁，又等了一个小时，才看见那辆车缓缓出现，跑上第十六节车厢。曹均在起哄声中，从背包里取出一只苹果，削好皮，递给她，叶怡接过，没等吃完，时间到了，不得不下车。下车前，曹均从窗口招手，探出头，补说，“回头打电话给你”，火车喷出白烟，缓缓驶离站台。叶怡一时找不到垃圾箱，拿着剩下的苹果核，在站台边来回兜了两圈，发现垃圾箱就在原来的位置，光洁锃亮的不锈钢面板映出一张狼狈邋遢的面容，这才看清她在曹均及其同学面前的模样。

曹均到长春后，确实打过几个电话，叶怡没有接到——不是没有听见，就是手头在忙些别的。那一长串奇怪的号码，每次回拨，都无法接通。叶怡改写信，但却不知道他具体系名，只有校址和名字。惴惴不安等待一个月，曹均回信来，开头写“我很怕拖欠人情”，口气冷峻，对于学校种种，两人之间，只字不提。叶晨猜测，叶怡一定反复查看，生怕错失信号，却始终莫测难明。于是只能写新读的书籍和电影，他没再回过。是过于文艺，还是过于晦涩？叶怡改写眼下的生活，但关于自身，能够谈的寥寥无几，自然的，也没收到任何回应，只能由其飘零，逝去。

叶晨想起叶怡跟自己讲述的这段无疾而终的初恋，总会想起那句诗：“你来看苹果里面的我。”刚听到这句诗正值她三十岁，是韩宗平对她说过的。在两人恋情尚未开始，心动与心痛并存，即将出口和未曾出口最关键的话之前，他对叶晨引用过一个以色列诗人的诗——“你来看苹果里的我／你跟我一起待在苹果里／直到刀子把苹果削完”，大约是想跟她说明恋人之间共同的、甜蜜的抵抗，说明他们难以辨析、道德模糊的关系。

而刀意味究竟什么，他却没回答。2015 年 8 月，叶晨对诗歌还在似懂非懂间，当然，也不是说，对于诗歌，而今她已能够明白，只是对于叶晨而言，比起含混多义的诗句，当时她更能了解的是，她常会因爱而感到某种深切的痛苦，但却不能每次都明白无误、诚实以告。而她对爱的理解，也不过是一个稍有阅历的女性遭遇挫败后的浅层深刻：在爱里的每次全副交出，都将是一柄插入心脏的尖刃，一旦卸下重负戒备，让人进入，一定会失去珍贵的核籽。

没人教导她们，叶晨却能自我学习。虽然她到大学才恋爱，但之后却开启了一长串的男性交往清单，长则两年，短则数月，早经锤炼，狡猾多端，不会轻易向一个异性泄露真实的脆弱和意图。叶怡却不能，她总是毕其功，再功亏一篑。

叶怡在芳芳理发店学了一年，师父周见芳当时三十八岁，尚未结婚，也有人说她结过，丈夫在湖北襄樊，很少回来。周二关门，雷打不动。学了两年，叶怡出来单干。2000 年前后，叶父在马路边造了一个一层高、二十五平方米的红砖小屋，原本打算作为车库，但是想象的汽车始终没有来，成了堆积农具和粮食的谷仓，眼下则成了免费的店面，但是还差三千块钱，用来买升降椅，加热机，焗油机，热烫机，刷墙的石灰等。但那会儿叶怡家似乎一分钱也没有了。她们幼年时期，小镇上的人都贫穷而不自知，习惯钱刚进口袋，就转瞬消失，但叶怡家似乎比镇里均衡的贫困还要落魄。困境跟叶父始终找不到工作有关，也跟工厂把叶母开除有关，大师傅跟工厂报告，说她买菜时手脚不干净。叶怡学徒期只有少量收入。最后几个姑妈和舅舅凑齐，说好一年后还钱。已经 2002 年，镇上普遍装起太阳能热水器，叶怡的新店进展不顺，跟师父关系恶化，矛盾渐起，也有看似理发、实则借机吃豆腐的男性——这差不多能解释为何周见芳样貌端正，却罕见男人亲近。镇上的女人则议论起叶怡手艺不佳，光顾者寥寥。

2002年夏季，叶怡认识了一个人。对方在南方批发市场一层五〇六号商铺开了一家专卖美发用品的小店，叶怡正是进货认识。每周五她就坐上四十分钟公交，去市体育西路的建军宾馆跟那人见面。宾馆房间多在二层，二三十方，墙面贴浅杏色絮纹墙纸，单人间一下午六十块。后来两人幽会地点换成虹桥新村，一下午四十。因为是民居，伴随着厨房葱蒜油烟、抹布馊水味道的，是床单上莫名其妙的脚臭。来路不明的小虫叫人皮肤红肿，下体发痒。没有空调，没有风扇，闷热异常，每次都大汗淋漓。“没钱，有什么办法？”叶怡说。但从她口里说出来，贫穷反而成了一种浪漫的必需品，富足反显可耻。

叶晨没见过那人，但是她听叶怡提起多遍，叶怡无人可倾诉，只能将初中放暑假的表妹作为不开锁的日记，甚至连第一次性体验也一一吐露。叶怡喜欢把那人和当时电影、电视剧里的男性比较——宽阔的额头酷肖《巨人》时期的万梓良，苍白皮肤与《我本善良》里的温兆伦如出一辙，狭长的双眼皮，很多男星都会有，但最接近的一定是郑少秋，温润老派的气质跟他四十岁的年纪很相宜，下巴有一道发白的浅痕，据说因小时顽劣被石头磕破所致。这种突然的割裂，在那样一个人、一张脸上出现，并未破坏原本协调，反而使之更加神秘与特别。那他家呢？做什么的？之前呢？有过几任？叶晨像个令人厌烦的姑婆，要把所有底细刨出问清，却对他人感受失敏，忽视了叶怡回答时的尴尬和闪烁其词，不明白叶怡自己，除了知道十岁差别，对方有家室之外，很多方面也模糊不清，但——这也是叶晨后来意识到的，对于叶怡来说，羞于启齿的是，那些令她真正着迷的，正是这些弄不清楚、模棱两可的部分，连带着粗鲁、小心眼、夸夸其谈，都成为对方魅力的构成，而她自然也能在任何人身上找到对方的影子。叶晨后来的爱恋对象，多少受到叶怡的影响，即寻找一种显而易见的割裂。因为割裂，使得他们显得难以捉摸，唯有难以捉摸，才能让她一次次驻足，回头，试以探究，直至深陷其中。

她还记得那会儿叶怡常穿一件带流苏的薄荷绿皮风衣（因为颜色奇怪，样式也很罕见，导致她念念不忘，而今想起，才意识到时髦），头发蓄长烫卷。叶怡长相寻常，涂上粉霜和玫瑰色唇膏后，看去也风情万种。叶晨这才意识到叶怡变漂亮了不少，不知不觉间，截然不同，混混沌沌里，骤然抵达了最合其宜的状态。也许那个年长的人教会了她。但没等夏天离开，一切就已结束。对方说去常熟进货，面包车出事，右腿轧伤，得休息一段时间。叶怡等了好几天，尝试打电话，没人接，等回过来，却是一个女性，沉声问是谁。叶怡挂断电话，犹豫几天，去了他原来店铺。店铺紧缩，门板落灰，隔壁木板开了一半，店主说，一个月前，对方就因为营业执照和质量问题关了门。这一批批发市场进货都出了问题。市电视台还来采访过。会回来吗，叶怡追问，但是隔壁店主人已重返店铺。

究竟是店铺出现问题，羞于见她，还是被妻子发现，权衡过利弊？这差不多是叶晨了解的叶怡第二段感情经历，开始与结束，都很猝然。叶晨知道，叶怡没有跟她说。之后半年的每周五下午，她依然会跑到批发市场，因店门紧闭而黯然，直到发现门口摆出糖果和饼干，更换另一户店主才作罢。她拒绝接受事实，就像是她给曹均写半年无望的信件一样，宁愿认为信件是在粗疏的邮政系统中，被筛滤淘洗出局，而不是因为对方的冰冷婉拒。她不承认，是不想艾艾自怜，是不想曾经照进生活的光明都成了遗落在后院的伤感光线，用以提醒生命曾被撕开过多大的裂缝。

理发店生意日渐萧条，至此关门，叶怡休息一年，唐闸一个远房姑妈介绍她去市里一家台资纺织厂上班。周跃中来厂里推销机械，两人相识。那年江苏刚发现第一起非典病例，大家看见带京或粤字样的车子皆很惶恐，总有几个穿着白大褂的站在路边，一旦看见外地车辆就开始乱喷药水。厂内为防外来感染，干脆彻底隔离。期间叶怡忽发一次高烧，工友都很紧张。周跃中不顾禁令到宿舍照料，并没避忌她的呕吐物。两人睡了一觉，叶怡小腹上的一道疤痕，她向其解释是阑尾炎开刀所致，周跃中没再追问。

2006 年 10 月 8 日，叶怡和周跃中结了婚。婚礼叶晨没赶上，电话里跟叶怡称勤工俭学。但实际她正和第二任男友分手，初尝失魂落魄的滋味。或者她只是想避见叶怡嫁人，但她也能理解叶怡的选择——父亲依然浪荡闲散，没有工作，家庭每况愈下，母亲督促，恋情失败，都亟须一个顶梁柱。她总有种怪异的感觉，表姐的生活一直在坠落。周围人都在好转，跃起，她却在坠落，以往动人的部分被快速磨平，快速衰减。直观的是周舟的出生。2007 年 4 月，叶晨临近毕业，还没找到工作，正在等南京一家广告公司的录取消息，和大学时期最后一任男朋友也分了手，只能回家疗伤，顺带看望表姐。

婚后叶怡住离小镇五公里外的婆家，一栋自建的三层小楼。周父患有多年慢性肝病（这差不多能理解为何周跃中对传染病不大在意），重型工作做不了，周母没工作。造房已花掉全家多年储蓄，为了结婚，不得不又东拼西凑了一万重新装修。叶怡婚房位于二楼最东，房间很大，但堆满杂物，衣橱敞开。地砖黑灰，人踩上即有白印。几只不成对的拖鞋卡在门缝，门上喜字尚未拆除。电视长桌上，一盆文竹，一盆白掌，叶片均已泛黄。空气中霉味不断袭来，电视机嗡嗡作响，重复播放一则保健品广告。床头上柜上放着一碗凉透的红糖水和半串葡萄。周舟尿布揭开，半趴在尿垫上睡着。叶怡靠着一只绒布垫，似乎从沙发上拿来，说周舟有点红屁股，需要晒一晒。

虽然四月，但是叶怡身上黏满汗珠。叶晨坐了半小时，吃了几粒打蔫的葡萄，叶怡叫周跃中送两只橘子上楼，但半天无人应答，歉意道，听不见声，一个人他就喜欢坐在黑屋子里琢磨事情，不知道到底琢磨什么。叶晨说，不用，午饭吃了汤圆。两人一时无话，周舟还在睡，隔壁零星传来周父的咳嗽，她欠身告辞。叶怡没劝留。

人们都说，生个孩子会让女性脱胎换骨，生育才能使一个女性真正完整，生育会使女性变成一个开阔平静的新人，仿佛说一块沉默的石头，从中洞开，变成另一个新生命，但是叶晨不太相信，因为当时的叶怡，看起来像被什么抽取、熨平了一样。

周舟出生，叶怡不再上班，她母亲患上高血压和糖尿病——跟他们高糖高脂、作息紊乱的饮食习惯脱不了干系——一天得服几十粒药剂，做不了帮手。周跃中离开工厂，在县里开了一家摩托车维修店。叶怡将皮衣收进衣柜，没再穿过。

周舟四岁生日的前一周，叶怡抱着他去了河边。那里新修了一个水坝，蓄水期最深处可达数米。河边生着初夏的常见植物：苘麻、蓬草、大蓟，莹莹如微型华盖。叶怡俯身，撇开茅草，想摘下一根茅心，但一转头，周舟就消失不见。起先她默不作声，心存侥幸，以为他会在哪一棵树，或者哪一块岩石背后突然出现。天空渐渐积蓄起沉重的云层，原先明彩的光线，变得黯淡，雨水铺天盖地，泥地砸出无数又深又小的水坑，泥流涌入，河水开始浑浊，水坝倾泻如注，像是一座低矮的小型瀑布。天空与河流连接在一起，一丝缝隙也无。转眼间，灰色成片，她才终于明白发生了什么。

你沿着堤坝上岸，萑草割着小腿，口袋几枚钢镚叮当作响，跟过去一样，提醒你，回家会经过那间小超市，可以买上一只妙芙巧克力蛋糕或者真味棒棒糖。但这一次用不上了。

周跃中没怎么责备叶怡，虽然捞起时他也看见了周舟鼻孔里的河泥。过了一年，叶怡生下周睿。叶怡打电话告诉叶晨，两人在电话里大哭一

你沿着堤坝上岸，葎草割着小腿，口袋几枚钢镚叮当作响，跟过去一样，提醒你，回家会经过那间小超市，可以买上一只妙芙巧克力蛋糕或者真味棒棒糖。但这一次用不上了。

场。婴儿不办葬礼，叶晨没回去。周睿出生，叶晨正值更换工作，也没去探望。周舟之死，刚开始叶家一度忌讳谈论，过了一段时间，又谈个不停，慢慢地，又不再有人提及。水坝边竖起一块警示招牌，作为这次事故的遗产。

出事后，叶怡扔掉了周舟所有的照片：坐在彩色婴儿毯子上，坐在色彩鲜艳假水果之间，坐在深蓝浅蓝的丙烯海浪边。一些照片蒙着一层塑胶，笼着影楼的柔光，叫人分不清是因为时间太久，还是摄影者特意为之，挤满整整一本长宽三十三厘米、六十张插页皮革相册的照片，仅留下一张，夹在她那只印着史努比、牛皮夹边早已磨损的旧钱包内侧袋，照片上周舟约莫十个月，刚刚长出乳牙，扶着婴儿床的床沿大笑。有比这个照得更好的，但不知为何，叶怡偏留下那张。

叶怡生完周睿后查出胆结石。术后恢复缓慢，身材彻底走形。叶晨最后一次见叶怡是四年前，叶怡已经完全变了模样。再不会有人说她俩相似了。岸边的事故是她脑子混乱的起点，还是一个显现的标记？人原来还可以无休止地下坠，谷底不是相对高峰，而是相对平地。那段时间叶怡打电话过来，叶晨听则听矣，却很少回应。叶怡说得不多，似乎为了避免被人厌烦，总在快要滑向感伤时，及时说晚安。两人的疏远是从何开始的？记不清了。不知道是从什么时候开始，叶晨对人失去了耐心和同理心。也许城市叫人心肠渐冷，长出结痂的硬壳，又或者，她不过本性如此，觉得言语无效，甚于一切，来去不过谎言和谵妄之词。只是以前叶怡是她学习和模仿的对象，如今却代表了不愿意回看的过去。

以叶晨如今的年岁和阅历，她可以轻易想象叶怡出事时有个隐秘的情人，在漫长乏味的婚姻之中，一次越轨难道不是最可想象的吗？也许情人放弃了她。也许她和情人的故事更早，早于周舟之死，在水之涘，浓雾和阴霾遮挡视线，无法看得更远，叶怡背过身，期待一种结果的发生，却不知道，一旦发生，便会以最坏的方式。

叶晨对此并无确凿证据，只是能理解谈话时叶怡某些旁逸斜出的走神时刻，时而高涨，时而低落的情绪，知道故事和秘密即将对自己宣之于口，却又戛然而止。她后悔没有亲口问出，而今再无机会，她如此猜测不过因为她一一亲历，韩宗平跟她说过多次婚姻的逃逸时刻。

叶晨能够勾勒自己在他人前的样貌，一个挑剔较真、容颜老去、身材松垮的单身女性，住在南京大马山一间破旧的集体宿舍，离其母校审计大学不远，旁边有一个殡仪馆。房间十六坪，客厅不能容她摊开身子，只能坐着，斜靠墙壁，翻上一两本书。虽然有两层，但楼梯很陡峭，不小心就会摔下去。整整三公里，没有商铺，杂草蔓生，垃圾堆砌。几座建筑一直在修建，但从来没见修完。夜晚被脚手架的灯照着，就像操场一样明亮。屋内走廊崎岖如迷宫，夏季炎热污脏，推门会看见蟑螂。

单身是她自愿选择的结果。她有过几次可以步入婚姻的时刻，遇到过看似可靠的客户、同事，但都退下阵来。一个人生活总得花费一点代价，尤其是开始，要从满身胶水、千丝万缕中彻底切断，总有无数力量牵绊，步履蹒跚。但独处时刻，寒冷且清醒，能让人熬过最困难的日子，降低欲望和期待，将所有危险的冲动和自毁，变成一种理智的可控，而不是在混浊的温水里下沉，直到泥沙掩埋，淤堵呼吸。她也曾假设，倘若叶怡有这样一间屋子，结果是否会有所不同。

也许不会，叶怡终究喜欢热闹。

叶怡去世后，叶晨看见躺在租来的水晶棺（其实就是简陋的玻璃罩）、身下垫着红布的表姐，左臂和右臂上大大小小的伤口，才意识到叶怡如此厌倦活着，好奇为什么她总能开辟新的地方，如何下定决心，在左手腕上割下一道又一道口子，在卫生间洗手台的水流下一遍又一遍冲洗，直到伤口发白才停止，更想知道，自杀当天，叶怡究竟想了些什么，熬过漫长一夜，第二天九点醒来，拉开窗帘，看见满目阳光，却不相信新生的可能，反比夜晚更失望，于是爬上顶楼纵身而下。

这将变成叶晨永远难以厘清的谜题。

2014 年 2 月 18 日的事情了，去世前，叶怡什么话也没留，给叶晨的最后一条消息还停留在换号码（“新号码是 189××××××××”），但当时叶晨大概在忙些什么，忘记输入，没多久，用了三年的手机坏了。当然，纵使存下也无意义，周跃中不会浪漫到给一个不可能再使用的亡灵号码充钱。

因为葬礼，叶晨回了一趟小镇，发现商店还在，但是没东西卖。现在是一间空洞高阔的房子。叶怡父亲种下的树木已经长得很高，也许很少会有人知道他和这些参天葱茏的树木的关系。叶晨母亲的病很重。周跃中老了，不到四十，头发已灰白夹杂。摩托车店的生意还在勉力维持。他说打算换一个地方，搬到县里，那里车流量大些。骑摩托的人越来越少了。叶晨跟他说，城市里已经不太允许摩托车，周跃中对此有些吃惊。周睿七岁，一年级，接近一米四，她试过在周睿脸上找叶怡的影子，但他跟过去一样，总喜欢躲在父亲背后。

她这才顿觉已过去多年。时间像山谷行舟，一桨下去，万重群山倏然划过，变成影子，抛掷在后。整理遗物时，叶晨听完叶怡磁带里录下的歌（那会她们没钱买新带子，总用旧带录新歌），噼里啪啦的杂音，好像除了录进歌声，还被灌入了电流和烟云；看过叶怡字迹笨拙的笔记，颜色发黄的贴纸画（周慧敏、刘德华之类），几张样式不同的新年卡片，写满留言的毕业册。还有一封情书。叶晨没打开也知道，因牛奶色凸纹信封，接口处小小的爱心贴纸，一圈黑色胶印，是从前打开过、之后合上的痕迹；铁皮糖盒里的彩色珠子，一根祖母用过的扁平银发针。还有一本亚米契斯《爱的教育》，夹在樟木储物盒的杂物之中，1997 年的译本，封面是一个戴帽子的小男孩与一只狗，坐在热气球篮筐，他俯身看下，满地都是斑斓多彩的鲜花。是叶晨以为丢了的那本。这个故事跟叶晨过去理解的爱不一样，这是小学生日记，关于父亲亲手做的胡桃木书架和轻柔的宽恕。

她无法从这些零碎杂物中拼出故事全章，解答心内疑虑，好像原本期待捕捞沉船里的金币，但最终只落得满手枯萎的苔藓，秘密注定被掩盖，深不见光。叶怡的前三十年，复杂非其所能了解，但叶晨却只记得那些风流韵事，疯狂与嫉妒，她想起的、记得的、理解的，也许错误的，童年记忆几经变形与重构，毫不牢靠——送葬车开过小镇，那条她曾经误以为需要走上一个小时的街道，原来三分钟就能全部走完——她目睹的叶怡，不过是变冷后的那层奶皮，下面流动奔涌的部分，她从来不曾真正目睹。无法和叶怡亲口对峙，只能梦里写信，写不成形的句子，问没有答案的问题，再在脑子里焚毁。也许她不过以己度人——多少荒唐、任性、残酷，都假借爱之名。

也许之所以比以往更频繁地想起，跟她前几天参加了公司的开业酒会相关。公司帮一家小型地产公司做了一个国内涂鸦艺术家展，行至后半段，因分成和陈列方式问题，跟对方起了矛盾。她上司将开幕酒会变成一个女巫派对，意在讽刺对方的苛刻和胡闹。酒会上满目皆是小丑、女巫和僵尸，像万圣节舞会提前。韩宗平从人群中出现，带着一张V字仇杀队面具，却像是爱伦·坡写的，白惨惨的面容，黑绒红底的斗篷，他是她持久的热病，两年的瘟疫，旁边是沾满血污的新娘，他的妻子，从叶晨身边经过，冷淡、若有所思地看了一眼——叶晨终于有点看清，那种深层的轻蔑，几乎无须掩饰——男性似乎都过于低估女性的敏锐，韩妻怎么会不知道她的存在？她只是存有一种他不会离开的自信，这需要她永远也无法企及的时间累积。他们才是一体的，而她和韩宗平之间，才是永恒对望的窗子，隔着一条看似平行相近、实则无限遥远的街道，太多东西隔开彼此，根本无法穿越到达。

但是她能希望什么呢？一开始不是说好的吗？说来讽刺，原本她曾寄望跟表姐走一条截然不同的道路，却殊途同归，走到叶怡去世的年纪，也站在了叶怡从前的处境：喜欢一个不属于她的人，再被这个人逐步放弃。那些困惑叶怡的问题如今也开始困惑叶晨，她的幸福何其虚假，快乐又何其软弱。爱是危险古老的瘟疫，热情消逝，才发现唯有性是真实的。性，攫夺意志，剥除皮肤，让她们的自我消亡。她们已经习惯他们带有身上的血肉离开。也许叶怡跟她一样，自杀和怯弱并非因为惧怕失败，而是惧怕失败的重复，重复的坍塌，断壁残垣的压倒，把所有的光明都变成幽暗，把她们过往的所有努力都变成瘀青，变成轻，变成羞愧。

岌岌可危。姐姐。我们没有立足之地。那只原本对着你的冰冷锥尖，如今我又将其对向别人。想到这里，我就无比失望。

叶晨觉得，在梦里，她可以一直喃喃自语下去，直到江河平静，旋涡停止。在梦里，叶怡年轻而喜乐，脸上和身体都干干净净，像从未摔倒过。

叶怡的坟墓在池塘边，小时候她们在池边偷过柿子。周舟小墓迁了过来，骨灰盒上的红布丝毫未烂，大约外面裹着塑料袋之故，但见者都觉得稀奇。只是最后都会被逐一被铲平，铺上柏油，变成国道。国道周围都是水坑、脚手架、碎石、搅至一半的黄沙水泥，新鲜刺鼻的工厂。公路和新城还在延展，只要众人愿意，就可以一直拓宽。道路无垠，无始无终，田野消失，海岸线萎缩北移，身处其中，很难看清，是方兴未艾还是西山薄暮。她们生活的弹丸之地，存在历史也不过千年，原先是长江口的小海域，南北朝时海水减退，沙洲初露，移民前来，圩堤种植，唐初开始有人煮盐为业。唐末沙洲涨接大陆，凿河运盐，成为巨大的盐场，至明清，这里曾是两淮最大的盐运公司。煎盐是苦役，除了流放的犯人，没人会在烈日下曝晒，刮取咸土。所以他们是盐民和囚徒的子孙，从中原一带迁徙，到了这里，无路可去，自海中筛淘出盐，然后他们也变成了世间无用的盐——饱食饕餮，永不知足，持以想象的长矛，徒劳挥舞，却从不明白终其一生，试图搏击的无形之物究竟是什么。

他们是盐民和囚徒的子孙，
从中原一带迁徙，
到了这里，
无路可去，
自海中筛淘出盐，
然后他们也变成了
世间无用的盐。

from《岛屿的另一侧》